COLLECTION FOLIO

François-Marie Banier

Le passé composé

Gallimard

à Omblyne Salvy

I

Elle s'était levée de table.

Madame Lasserre avait des bouffées d'Olivier comme on a des bouffées de chaleur. Elle avait besoin de respirer. Monsieur Lasserre regardait la chaise vide. Sa femme pourrait, elle aussi, ne jamais revenir. Elle les quitterait comme ça. Et ils resteraient là, à l'attendre, tous les cinq, silencieux comme ce soir.

Cécile, elle, ne s'est pas aperçue du départ de sa mère. Dans le vague. Absente, mais pas vraiment. Elle pense à des choses simples, comme si elle était très bête. Elle préférerait ne penser à rien, mais son esprit s'y refuse. Tout lui rappelle son frère, même ces bougies fichées dans ces gros chandeliers d'argent. Olivier aurait demandé, rêveur, tout en se moquant : « Où elle passe la cire, maman ? »

Maman est dans sa chambre. Elle regarde la

photo d'Olivier. Le visage d'Olivier est entre ses deux mains. Comme les matins où elle allait le réveiller. Elle l'embrasse. Comme elle l'embrassait. En bas, on l'attend. Elle dépose son fils sur la cheminée. Elle reviendra tout à l'heure après le théâtre. En bas, on l'attend.

Avant de quitter la chambre, elle va vers la commode. L'alibi. Elle ouvre un tiroir, sort une boîte. Ce n'est pas celle-là. Elle prend un foulard, le regarde et le repose. Et ses mains retournent dans le tiroir. Elles trouvent la boîte, la boîte verte de son collier. C'est un collier Charles X avec des émeraudes. Olivier avait dit : « J'aurais voulu te l'avoir donné. »

En bas, on ne rit pas non plus. Madame Blanche parle fort. Le docteur Blanche regarde sa montre. Les Blanche à cet instant ne se sentent pas inutiles.

Dans la salle à manger comme dans toute la maison, chaque chose à une histoire. Une histoire qu'Olivier a inventée. Toute une mythologie. Le lustre a appartenu à Lord Byron, la tapisserie, c'est le Camp du Drap d'or, et le papier faux marbre, les veines de toute la famille. Une géographie où rien n'a bougé. On n'a pas osé.

Madame Lasserre vient se rasseoir. Elle sourit largement, comme si d'un sourire elle pouvait effacer en elle la peine qu'elle vient de ranimer. Et puis elle a senti aussi, autour d'elle, un malaise. Elle demande que l'on active le service. Ils sont pressés, ils vont au théâtre. François fait un compliment à Madame Lasserre. Le saumon refait un tour. Monsieur Lasserre regarde Cécile. Cécile a chaud. C'est vrai, il fait chaud. Le docteur Blanche finit son verre, plisse les yeux derrière ses lunettes, il est satisfait. Il pose sa main sur celle de Madame Lasserre :

— Nous avons tout notre temps, le spectacle ne commence qu'à neuf heures.

Madame Lasserre dans sa robe noire et son collier Charles X ne répond pas. Elle retire sa main. Le téléphone sonne.

C'est pour Monsieur de Chevigny. François sort. Madame Blanche dit :

— Ce garçon est étonnant. Il sait tout.

Puis elle se tait. Elle ne dira pas que Cécile a de la chance. Aujourd'hui on n'a pas envie d'une phrase de ce genre. Un soupir.

Cécile fixe le tapis : un combat de coqs. Olivier venait y goûter d'un morceau de pain et d'une barre de chocolat. Là, il lisait des bandes dessinées, ou il ne lisait pas. Il poussait du doigt les miettes de son goûter d'un coq sur l'autre. On venait le chercher. Mais il préférait les coqs. C'est sur ce tapis aussi que parfois il venait écrire son journal, ce journal qu'il avait tenu secret, ce journal auquel Cécile va souvent se reporter.

François est revenu. Il se penche à l'oreille de Monsieur Lasserre, qui sourit. Madame Lasserre insiste pour que Cécile les accompagne au spectacle. Cécile a décidé de rester. Elle restera. Le docteur Blanche approuve, Madame Lasserre ne dit plus rien. François propose de rester pour tenir compagnie à Cécile. Le docteur répond :

— Cécile lira un peu, et puis elle dormira.

Cécile sourit au docteur Blanche. Il est vrai qu'il la connaît bien. François regarde à son tour le docteur Blanche. Grâce à lui, il ira au spectacle.

François parle. Il s'était tu tout au long du dîner, non par manque d'intérêt mais par paresse. Aussi la perspective de rester avec Cécile ne l'enchantait guère, maintenant il est soulagé, il a envie de rire. Il rit. Pourquoi ? A cause du coup de téléphone ? A cause de Madame Blanche ? Ou tout simplement un rire nerveux ? François parle. Il parle pour faire diversion, et pour être poli aussi. Mais qu'est-ce qui a déclenché cette voix grave à laquelle, toute la table, sauf Cécile, se raccroche ? Ses intonations sont tendres, ses mains ponctuent ses phrases. Il a de fort jolies mains, il sait en jouer.

Madame Blanche profite d'un silence.

— Tout ce que vous me dites me passionne. Moi aussi, j'ai toujours été attirée dans ma vie par deux choses : la musique et la littérature. Vous pensez bien qu'avec le métier de mon mari, je n'ai guère pu m'adonner à la musique. J'aurais tant aimé suivre Wagner jusqu'à Bayreuth. Je n'ai jamais pu. Rien n'est pire que le métier de médecin. Nous n'échappons à aucune grippe. La moindre maladie nous touche. Nous cloue, nous épidémise. Bayreuth ! Bayreuth c'est comme Salzbourg. C'est quand même autre chose que Pleyel ! Remarquez, j'ai visité la Scala de Milan et l'Augusteo de Rome. Mon mari m'avait emmenée en Italie à l'occasion d'un congrès, mais la Scala sans spectacle c'est comme un cadre sans tableau.

Le docteur Blanche, résigné, guette sa femme. Elle peut continuer ainsi pendant des heures. Où en est-elle ?

— La philosophie ? J'ai connu des philosophes. Eh bien, mon cher, les philosophes, vous me croirez, cela ne vaut pas tripette. Moi, les existentialistes, je n'aime pas. Parlez-moi de Saint-Ex, voilà !

Et voilà ! Voilà Madame Blanche. Elle est ainsi, mais tellement dévouée. Généralement, elle ne parle pas. Ce n'est pas qu'on l'en empêche, mais elle aime mieux écouter. Elle acquiesce au besoin. Aujourd'hui, en face de François, elle s'est laissée aller. Elle a même fait des efforts. L'occasion de briller !

Peu à peu le silence revient. Le dîner s'achève. Monsieur Lasserre semble soulagé.

Il regarde sa maison. C'est tout de même une jolie maison. Il l'avait fait construire en même temps que son imprimerie. Il n'aurait pas aimé habiter autre part qu'à Neuilly. Neuilly Saint-James, bien entendu ! Les Lasserre y avaient mené une vie tranquille, enviée de bien des gens. Enviés, parce qu'ils étaient unis.

Monsieur Lasserre a longtemps craint que sa maison ne retrouve jamais le visage d'autrefois. Il a fait ce qu'il a pu pour combattre ce silence dans lequel on a failli s'enfermer. Comme l'été dernier. Un été terrible. Un automne terrible. Et un silence terrible. Un silence que rien ne pouvait entamer. On parlait à des sourds. On se regardait, l'œil vide. Ils s'en étaient sortis. Assez bien sortis. Ils avaient mené la même vie qu'avant. A peu près la même. Grâce à François. La présence de François. Elle comptait, cette présence. Ressemblance de François et d'Olivier. Il parlait un peu comme lui, avec ses mains. Comme inachevé. François était peut-être moins vulnérable, plus fort, et il avait sauvé Cécile. Apparemment du moins.

Le docteur Blanche regarde encore une fois sa montre. François se dirige vers Madame Lasserre. Elle lui donne le bras. Elle embrasse Cécile, François embrasse Cécile, ils embrassent tous Cécile.

II

Cécile est seule. Ils sont partis. Elle pense à son enfance. Côte à côte, ils regardaient leur mère, l'admiraient, puis demandaient invariablement en éclatant de rire : « Puisque tu vas au théâtre et pas nous, rapporte-nous dans ton sac un esquimau. » Madame Lasserre riait aussi, avec eux. Il est vrai qu'en ce temps-là, les Lasserre étaient des gens heureux. Cécile, de ses seize ans, dominait les dix-sept d'Olivier et s'amusait à l'intimider. Ils suivaient tous les deux des cours, elle à la Folie Saint-James, lui à Janson-de-Sailly. Mais la classe ne les passionnait guère. Ils s'y ennuyaient. Cécile jouait. Olivier avait peur. Il craignait la vie, impressionné par tout ce qui bouge. Cécile, plus désinvolte, était déjà organisée.

Cécile aimait son frère. Cécile et Olivier avaient grandi en même temps. Elle avait de la tête, lui, des sentiments. Ils s'étaient tout appris mutuellement et n'en étaient plus à l'alphabet. Ne se cachant rien, ils parlaient des nuits entières. Les mêmes souvenirs, la même histoire. Ils revenaient sur leur passé : « Souviens-toi du rideau devant la glace, au fond du couloir. Maman avait dit : « Si vous tirez le rideau, vous verrez le diable ! »

Olivier regardait sa sœur. Assise sur son lit, elle le regardait aussi. A qui le tour de parler ? Un silence. Olivier était pâle, Cécile le fixait. Cécile aimait son frère. Sa beauté, et plus que sa beauté elle admirait cette démarche comme incertaine et fragile. Cécile rêvait. Olivier aussi.

Déjà, Olivier avait connu quelques filles. Quand il rentrait chez lui, souvent déçu, il racontait tout à Cécile. Elle l'écoutait, elle riait. Ou bien faisait semblant. Enfin, elle ne l'encourageait pas.

Cécile avait connu, elle aussi, ce qu'elle croyait être des aventures, mais rien de très palpitant. Elle préférait rester chez elle. Avec lui, livrés à eux-mêmes. Ils n'allaient pas au cinéma, ni nulle part. Ils restaient là. Les soirées ne comptaient pas. On lisait, on parlait, on écoutait des disques. Et quand ils tombaient de sommeil, ils allaient se coucher. Chacun dans sa chambre. La nuit, l'un à côté de l'autre, séparés par un mur, ils laissaient la porte ouverte : « Tu dors ? — Oui. » Ils dormaient. Le matin, ils prenaient ensemble leur petit déjeuner. L'un dans la chambre de l'autre, ils changeaient tous les jours. Permutaient.

Vint le mois de juin. Madame Lasserre accompagna ses enfants en Bretagne.

Saint-Briac. Une drôle de maison louée à des Belges qui n'y étaient sans doute jamais venus. Cette gigantesque maison ne ressemblait à aucune autre. Sans style précis, disons, comme les habitants du village, qu'elle était baroque : la dernière au bout de la plage, trois étages sur pilotis. On pouvait croire que si la maison l'avait voulu, elle aurait pu aller se planter n'importe où, en bordure de n'importe quel autre village.

Sur la mer, des couchers de soleil ; des crêpes toute la journée, Cécile et Olivier étaient ravis. Ils se baignaient, restaient côte à côte des heures au soleil. Ils ne voyaient presque personne. Ils jouaient au bord de la mer. Cécile photographiait Olivier sur le sable, dans l'eau, à l'ombre, au soleil. Elle photographiait partout. Partout son corps. Elle cherchait, elle regardait à travers l'appareil. Lui, il posait.

La pluie tombait. Cécile développait elle-même ses photographies. Révélateur, impression, plaque sensible, nitrate d'argent, dans la chambre noire elle tirait Olivier. Il lui ressemblait. Ce n'était pas étonnant, c'était son frère.

La maison était si grande ! en plus, Madame Lasserre avait entièrement vidé le second étage. Il y avait si peu de meubles au rez-de-chaussée qu'elle avait pris là-haut tout ce qu'elle avait trouvé : un piano droit désaccordé, une table basse genre chinois, des chaises presque Louis XIII, des fauteuils crapauds jamais recouverts, un paravent 1930. Bizarres, exotiques, désordonnés, ces meubles aux styles si différents tout à coup réunis donnaient à cet intérieur un caractère étrange. Les enfants Lasserre, habitués à l'ennui de Neuilly, y furent d'emblée merveilleusement dépaysés.

Madame Lasserre ne tarda pas à vouloir regagner Paris. Elle s'ennuyait sans son mari. Elle s'inquiétait. Que faisait-il ? Qui voyait-il ? Elle l'appelait, mais il raccrochait très vite. Non pas à cause de quelque allergie à l'ébonite, mais il n'aimait pas les longues conversations conjugales. Elle n'avait le temps de rien dire. Sans nouvelles de lui, elle ne resterait pas en Bretagne. Il avait sûrement besoin d'elle. Et puis Madame Lasserre n'était pas une femme à solitude. Elle ne se voyait pas tricoter pendant un mois, ou étaler des cartes sur la table chinoise pour des patiences devant la baie vitrée. Alors comment s'occuper dans cette maison où elle n'avait rien à faire ? Au village, elle ne connaissait personne. Lire Proust ? Ah non, elle se l'était réservé pour plus tard, quand elle serait vieille, ou paralysée.

Madame Lasserre décida donc de rentrer. Du reste elle avait lu, dans un journal de mode, une enquête du professeur Tudieu qui suppliait les parents de ne point trop s'occuper de leurs enfants. « Vous en ferez des masochistes, des impuissants, des criminels, des pédérastes, des sadiques, ou peut-être même des artistes ! Si vous ne voulez pas que vos enfants soient victimes de leurs complexes, si vous ne voulez pas qu'ils finissent en prison, ou chez les fous, ou bien même à l'Académie française, libérez-les, vous les sauverez ! » Madame Lasserre, en bonne mère moderne, fut très impressionnée. Elle regarda ses enfants, et se félicita de s'en être instinctivement si peu occupée. Elle se promit d'écrire au professeur Tudieu. Ecrirait-elle ? non, elle en avait l'intention, mais elle n'écrirait pas. A Neuilly, il y avait du travail ! Son mari l'avait chargée de toute l'organisation de l'imprimerie, cela aussi lui fournissait une bonne raison pour ne pas trop s'attarder en Bretagne.

Olivier fut triste du départ de sa mère, Cécile soulagée. Le soir, les enfants Lasserre eurent une violente discussion dans la salle à manger. « On est beaucoup mieux sans elle » dit Cécile. Olivier, muet. Cécile insista et conclut : « Tu es amoureux de ta mère. Elle ne t'aime pas et moi je te hais. » Cécile ne se contrôlait plus. Elle injuria son frère, surpris, puis eut une crise de larmes. Olivier se leva de table, prit Cécile dans ses bras, l'embrassa de toutes ses forces et Cécile se calma. Ils étaient gênés, ils n'osaient pas se regarder. Olivier débarrassa la table avec douceur, rangea les chaises et alluma un feu. Un feu de bois dans la cheminée. Cécile ne bougeait pas. Elle s'était installée sur l'unique canapé, à demi allongée. Emue.

Olivier, face à la mer, tournait le dos à Cécile. Il regardait l'eau. Il aurait aimé voir jusqu'en Angleterre, mais il faisait nuit. Il devinait. Jersey, Guernesey. Il eut une pensée pour les marins.

Quelques jours s'étaient écoulés, la pluie tombait. Ils s'ennuyèrent. Olivier et Cécile décidèrent d'aller au Grand Hôtel.

Le Grand Hôtel, posé sur un petit monticule, se voyait de loin. Il surplombait la mer, on pouvait y arriver par bateau. L'embarcadère, bordé de colonnes en bois de couleur, permettait qu'on y attachât les canots. Malheureusement, ce jour-là, il pleuvait trop. Cécile et Olivier se firent déposer en taxi derrière l'hôtel. En passant par les tennis, ils longèrent la façade : bois et vitres ruisselaient. avec la buée, les gouttelettes accumulées et toujours la pluie qui tombait, eux qui couraient, avaient l'illusion que l'entrée de l'hôtel reculait à mesure qu'ils avançaient. Et si l'hôtel sombrait ? Déjà leurs bottes s'enfonçaient, le gravier n'était plus qu'un marécage.

Leur entrée fut remarquée. Ils portaient tous les deux le même ciré noir dégoulinant. Ils riaient, ils se parlaient à l'oreille, on aurait dit de tout jeunes fiancés. Enfin débarrassés de leurs imperméables, ils s'essuyèrent avec des serviettes que leur apporta le concierge. Et puis ils s'intégrèrent dans un groupe, avec plus de naturel qu'à leur arrivée.

Comme dans tous les hôtels un jour de pluie, tout le monde connaît tout le monde. On se sourit, il n'y a pas le choix. Des jeux sont organisés, des mots fusent, des enfants hurlent, des couples se séparent, des familles entières se réconcilient et toutes les cabines téléphoniques sont occupées. Le salon de thé est archicomble, l'ascenseur est bloqué entre deux étages. On fait des mines mais on s'amuse, conscience tranquille, avec pour leitmotiv : « Faut bien passer le temps. »

La journée fut un cauchemar. Ils furent séparés. Olivier, par une idiote qui voulut l'accaparer, Cécile, par une petite bande d'amis qu'elle avait connue l'année précédente.

L'idiote, c'était Anne-Sophie. Une grande blonde aux pantalons trop longs. Olivier s'en tira de justesse : on jouait au monopoly dans la pièce à côté.

La partie avait bien commencé. Dans le même camp, Cécile et Olivier gagnaient. Ils avaient étalé devant eux toute une série de cartes colorées, c'étaient eux qui en possédaient le plus grand nombre. Alors qu'ils étaient occupés à les compter, tandis que d'autres jouaient, un Chinois tricha. La partie s'arrêta. Eclats de voix. La sœur du Chinois gifla le petit Chinois. Ce qui les fit tous sursauter fut l'arrivée des parents chinois. Ils emmenèrent, sans dire un seul mot, leurs petits Chinois et le jeu de société qui ne leur appartenait pas. Personne n'osa protester. Et puis à quoi bon ? Il faisait sombre. Les murs sépia, le thé servi, on passa du pain d'épice, on alluma des lampadaires aux abat-jour en parchemin et tout parut encore plus jaune. Vide. Triste. Dehors, il pleuvait. Ainsi se termina l'après-midi, et la partie. Ceux qui habitaient l'hôtel montèrent dans leur chambre. Les autres rentrèrent chez eux. Anne-Sophie resta seule dans le hall.

Cécile et Olivier. Retour à la villa sous une pluie battante. Cécile tient la main d'Olivier. Ils pataugent. Ils parlent d'Anne-Sophie. Cécile s'amuse à taquiner Olivier. Olivier, à son tour, sans regretter un instant Anne-Sophie, demande à Cécile :

— Et toi, pourquoi rentres-tu avec moi ?

Cécile répond :

— Je rentre avec toi, parce que tu es le plus beau.

Il se mit à rire. Gêné. Elle s'arrêta de marcher, serra fort la main de son frère dans la sienne, se tourna vers lui et l'attira vers elle. Ils s'embrassèrent. Sur la bouche. Leurs lèvres s'étaient déjà frôlées certains soirs au milieu de leurs jeux, mais jamais ils ne s'étaient embrassés réellement, de cette manière, avec cette force. Cette sensualité. Leurs langues étaient aussi fraîches que leurs lèvres. La pluie tombait de plus belle. Sans importance. Ils restèrent, aussi fous, un long moment encore. Immobiles. Cécile se détacha la première. Elle le regarda, lui sourit. Et ils reprirent leur marche vers la villa aux lumières éteintes. Il faisait noir, ils étaient gais. Un phare balayait l'ombre.

Ils étaient heureux. Olivier se taisait. Cécile commentait :

— Tu vois, je t'aurai toujours. Tu seras toujours près de moi. Plus tard aussi nous serons ensemble. Je m'ennuie tant quand tu n'es pas là. Pourquoi chercher ailleurs ? Tu es beau Olivier et je t'aime Olivier.

Comme Olivier ne bronchait pas, elle assura, farouche :

— Et toi, je sais que tu m'aimes.

Depuis leur plus tendre enfance, Cécile et Olivier étaient complices. Quand Olivier était plus jeune, ses parents se moquaient de sa sensibilité. Il pleurait facilement, rêvait longtemps. On l'appelait « l'artichaut », c'était un poète. Seule Cécile ressentait le besoin de défendre son frère. Elle le protégeait ; même sur les photographies, elle a toujours le bras passé autour de son cou. Ils prenaient leurs repas à la cuisine. Ils ne venaient à la table des parents qu'au moment du dessert. Là, ils ne parlaient pas. Ils s'étaient déjà tout dit dans la cuisine des petits secrets.

Cécile n'avait aucun principe : « Je prends le temps comme il vient » disait-elle, sans se poser de questions. Olivier était l'inverse, l'inverse de sa sœur. L'inquiétude même, le doute. Pourquoi la vie, la mort ? Comment on s'aime, pourquoi on se quitte ? Il voulait tout savoir. Savoir comme un enfant. L'herbe verte, le jet d'eau, papa et maman. Pourquoi ? Comment ? Autant de questions. A chaque explication, Olivier redoutait que l'on se moquât de lui. Il avait peur d'être le seul à voir l'herbe verte, comme si la couleur changeait pour les grands.

Ils s'étaient embrassés ! Olivier ne comprenait pas. Il avait goûté aux lèvres de sa sœur comme à ses propres lèvres. Un goût de lui, comme on mordille sa main, comme on touche son propre corps. Cécile, elle, gardait le souvenir des lèvres de son frère comme de celles d'un amant. Elle ne songeait qu'à recommencer. Retrouver la volupté de ce baiser sur la grève. Mais comment le provoquer ? Que pensait Olivier ? Il n'avait rien dit. Il ne dirait rien.

Cécile observa son frère. Il retrouvait la villa avec bonheur. Il avait faim. Elle ne proposa rien. Elle attendit. Olivier tourna autour de la table. Il prit un journal. Un instant s'écoula, et puis un autre. Olivier lisait, Cécile le regardait. Elle regardait Olivier. Un autre instant glissa sur un instant encore. Olivier posa son journal. Il soupira, sourit sans le vouloir, et demanda à Cécile si elle n'avait pas faim. Elle avait faim. Elle se leva. Il n'avait peut-être pas froid, mais elle l'entoura d'une couverture. Elle avait décidé de le séduire, elle le séduirait. Le silence qui s'était installé serait son complice. Elle savait comment on utilise un silence. Cécile ne toussa point : elle y avait pourtant pensé, pensé à rire même, ou à pleurer. Mais ce n'était pas de cette manière qu'elle se retrouverait dans ses bras.

Elle avait faim, elle l'avait dit, elle apporta à manger. Il mangea aussi et se versa à boire. Il semblait heureux, il ne fallait pas perdre de temps. Encore un peu de silence. Seul le bruit de la pluie mêlé à celui de la mer. Elle tourna le bouton de la radio. Une musique douce. Elle avait de la chance. Elle se serra contre lui. Ils s'embrassèrent une seconde fois encore et elle éteignit la lumière. Elle le fit basculer sur le tapis. Le paravent 1930, rapporté du second étage par Madame Lasserre, heurté par Olivier, s'effondra dans un fracas épouvantable, mais cela n'avait pas d'importance : Olivier était dans les bras de Cécile. Ils roulèrent par terre enlacés, cramponnés l'un à l'autre, brûlants. Cécile aimait son frère. Elle désirait Olivier, elle le voulait. Son frère. Plus que n'importe quel homme. Elle le sentait contre elle, sous elle, sur elle.

Elle le tenait, il ne lui échapperait pas. Pas ce soir. Olivier ! il était là.

Ils en étaient là.

Cécile caressant Olivier. Elle lui parle de l'Apocalypse, de Mahler, de Neuilly. Elle lui parle d'elle, elle lui parle de lui. Elle parle. Elle a chaud. Elle imagine. Des visions rapides, ses esprits semblent s'égarer. Elle l'entraîne. Il la suit. Ils sont dans sa chambre.

Elle respire profondément, elle va mieux. Il sera à elle, elle le sait. Elle le possédera. Ils seront un. Ses esprits lui reviennent pour goûter chaque instant. L'attention décuplera son plaisir. Elle se verra l'aimer. Au ralenti. Se concentrer sur son plaisir.

Il lui sourit, irréel, pantalon de velours bleu, torse nu. Il est beau. Devant le lit de Cécile, ils sont debout, face à face. Elle pose ses mains sur les hanches d'Olivier, elle défait le pantalon d'Olivier. Olivier est nu, nu devant Cécile. Elle embrasse son frère à nouveau. Elle se déshabille. C'est son tour. Ils s'allongent sur le lit. L'un sur l'autre. Ils font l'amour sans scrupule. Avec grâce pourtant et délicatesse. Cécile et Olivier font l'amour : ils sont seuls, seuls en Bretagne, seuls. Seulement accompagnés de la mer, la mer qui va, qui vient, qui ronge les millions de petits grains de sable couleur de leur peau. Ils font l'amour. Rien, ni personne ne les en empêche. En bas, la mer, haute, halète. Ils font l'amour.

Le matin, à marée basse, ils n'eurent point un réveil hypocrite, ils se regardèrent. Des regards si différends. Cécile triomphe, Olivier se demande s'il n'est pas coupable. Mais de quoi ? Il voudrait ne pas y penser. Il voudrait déjà effacer cette nuit. Oublier, mais pas tout. Cécile, à côté de lui, sourit. Olivier ne comprend pas. Cécile le regarde, elle voudrait qu'il bouge, qu'il dise n'importe quoi, mais qu'il parle. Qu'il ne reste pas comme ça. Elle sourit.

III

L'hiver avait été terrible.

Paris. Un mois de février comme beaucoup. Un vent mêlé de pluie souffle contre la verrière des Lasserre. Cécile, dans sa chambre, joue du piano. Elle tape trop fort sur les touches, on la dirait ivre, mais peu importe. C'est Madame Blanche qui donne à Cécile des leçons de piano. Elle vient généralement le matin et elle oblige Cécile à travailler. Aujourd'hui, la leçon a été plus courte que d'habitude : Cécile a demandé à Madame Blanche de partir avant l'heure. Madame Blanche s'en est allée sans poser de questions, elle sait la peine de Cécile et s'imagine même qu'elle ne s'en remettra jamais.

Madame Blanche n'a pas connu Olivier. On lui a montré des photographies. Madame

Blanche a dit qu'elle le trouvait beau et elle n'a pas menti.

Cécile, une fois seule dans sa chambre, en a profité pour pleurer. Elle en avait envie depuis longtemps, les larmes débordaient. Toute la matinée elle avait pensé à Olivier. Cécile a attendu que Madame Blanche s'en aille pour s'abandonner à ses souvenirs.

Comme au pire de ses crises, Cécile s'est affalée sur son lit et n'en a plus bougé. Emma, la bonne, est venue la chercher. Elle a tenté de la consoler, puis elle est repartie. Monsieur Lasserre n'aime pas qu'on s'apitoie. Il ne veut pas que l'on s'intéresse trop à Cécile. Elle les rendra fous avec ses manies, ses histoires, ses caprices, s'il n'y met pas le holà.

Elle, Cécile ne peut plus les supporter. Et cette maison, ils n'y ont rien compris. Quand ils sont là, elle n'a plus aucun charme, elle a l'air inhabitée. Suffit qu'ils s'en aillent pour qu'elle reprenne toute sa saveur. Ce soir, ils vont au théâtre ? Eh bien, elle, elle n'ira pas. Elle restera dans sa maison, toute seule ! Elle pourra se promener dans les couloirs et tranquillement passer d'une chambre à l'autre. Emma sera couchée, il n'y aura plus personne pour l'épier. Personne pour lui demander : Alors comment ça va ? Qu'est-ce que tu as fait aujourd'hui ? Personne pour lui expliquer qu'il faut aller se coucher, que ce sont les heures avant minuit qui comptent le plus...

Non, ce soir, elle ne sortira pas avec eux. Elle ne descendra peut-être même pas pour dîner. Descendre pour qui ? Pour son père ? Il ne la connaît pas. Pour François ? Si elle est là, il ne s'en apercevra même pas. Pour les Blanche ? Non. Elle descendra pour sa mère, peut-être. Parce que sa mère commence à comprendre. Elle ne comprend pas tout, non, mais elle essaye. De temps en temps elle monte chez Cécile, et elles se parlent toutes les deux.

Forcément... Madame Lasserre ne peut pas tout comprendre, mais ce n'est pas sa faute, Cécile ne lui a jamais rien dit. Elle n'a pas pu, elle s'en est toujours empêchée. Enfin, peut-être qu'un jour Cécile ira jusqu'au bout, sinon comment sa mère pourra-t-elle savoir ?

Cécile descendra donc dîner. Pour sa mère. Sa mère n'est pas complice de François, sa mère a mal et vient parfois la voir. Quand elle regarde sa fille, elle ne lui pose aucune question. Quand Cécile pleure, elle pleure avec elle, ou elle ne pleure pas, mais elle n'est pas indifférente. Cécile descendra pour sa mère. Elle ne parlera pas aux autres, elle n'a plus rien à leur dire. François se chargera de la conversation. Il racontera des histoires sur l'imprimerie, et tout le monde sera content. Enfin, tout le monde... non ! mais cela fera sûrement plaisir à Monsieur Lasserre, et cela ne peut pas déplaire aux Blanche. Alors, tout ce petit monde l'écoutera, béat...

Ah non ! Elle ne descendra pas. Elle ne peut plus supporter leur comédie. Elle hait François, elle hait son père, elle hait les Blanche. Elle ne veut pas se retrouver dans cette pièce du rez-de-chaussée avec eux qui ne savent pas, eux qui n'ont jamais su que cet endroit est autre chose qu'une salle à manger. Le lustre, la tapisserie, le papier faux marbre, ils ne l'ont pas vécu, alors pour quelle raison seraient-ils mêlés à ces histoires qui n'ont jamais été inventées pour eux ?

Eh bien, justement, c'est pour Olivier qu'elle descendra. Elle descendra avec lui : c'est avec lui qu'elle dînera. Avec lui tout seul. Elle se taira comme par le passé, elle ne leur parlera pas, elle ne parlera qu'à lui. Pour eux, ce sera intolérable. Ils croyaient le connaître ? Ils le connaîtront donc ! Elle leur racontera tout, tout ce qu'ils avaient fait tous les deux, à Saint-Briac. Elle leur racontera tout, c'est bien simple : tout. Elle n'oubliera aucun détail. D'ailleurs, elle imitera la voix d'Olivier. Elle inventera avec sa voix ce qu'il pourrait leur dire. Elle retrouvera ses mots, ses intonations, la voix même qu'il avait quand il la suppliait. Ils lui demanderont de se taire, elle ne se taira pas ! Elle s'est tue pendant trop longtemps. Pourquoi s'est-elle donc tue ? Elle avait peur de les déranger ? Pour quelles raisons se tairait-elle encore ?

Cécile voudrait exploser, se livrer avec son frère, tout leur raconter. Il n'y a pas de raison qu'elle garde tout cela. Aucune raison.

Ce soir, elle se taira encore. Il y a toutes les raisons pour qu'elle se taise sur cette histoire, c'est son secret. Olivier était à elle, il est encore à elle, il lui appartient et ils ne sauront rien. Du reste, il n'y a rien à savoir.

Mais comment pourra-t-elle toujours tout garder ?

Saint-Briac.

Saint-Briac ? Cela dura une semaine. Une semaine c'est bien des heures, surtout comme ils les vécurent.

Après leur première nuit, ils décidèrent de s'enfermer. Cécile fit des provisions pour un mois, Olivier ferma les volets, les portes ; enfin la vie leur appartenait. Le seul contact qu'ils avaient avec le monde extérieur, la mer : ils l'entendaient. Et puis la baie vitrée, que rien ne pouvait masquer. Tant mieux ! Ils pouvaient regarder pendant des heures. Enfoncés dans le canapé, ils ne voyaient que la mer. Ils se levaient, ils voyaient toujours la mer, mais avec un peu de plage. Ils s'approchaient jusqu'au bord, et alors, apparaissaient les galets.

Dans une maison louée, les pendules ne marchent jamais. Olivier en répara une, mais ils ne firent pas plus attention au temps. Ils se levaient la nuit, ils faisaient l'amour, il lui parlait, elle préparait à manger, il s'endormait, elle le réveillait, ils déjeunaient, ou ils dînaient. Ils se rendormaient. Ou ils erraient... Ils passaient au rez-de-chaussée devant la porte d'entrée, il y avait quelques prospectus glissés, Olivier les prenait, il les déchirait en mille morceaux et les éparpillait. Cécile ramassait. Ils montaient au second étage, et comme il n'y avait plus aucun meuble, ils se couchaient sur le parquet, et ils roulaient par terre, Olivier riait. Cécile lui demandait ce qu'il voulait manger. Cécile apportait du champagne. Ils buvaient à tour de rôle. La bouteille finie, Cécile en apportait deux autres. Les bouchons sautaient en même temps, cela les faisait rire encore. Olivier s'aspergeait de champagne, sa chemise, son pantalon étaient trempés. Il se déshabillait, Cécile aussi. Elle montait d'autres bouteilles de champagne, et ils recommençaient. L'amour, les poursuites, les rires, le champagne. Olivier, ivre, prenait les bouteilles vides et les envoyait de toutes ses forces contre le mur nu d'une des chambres du second étage. Le bruit du verre brisé... il rêvait de casser la grande baie vitrée, ou bien de la fendre avec un diamant. Mais Cécile n'avait pas de diamant. Olivier, pour se distraire, pour se plaire, et aussi pour plaire à Cécile, passait une partie de son temps à se changer, à se déguiser, et il apparaissait. Il récitait quelques vers de Corneille ou quelques poésies qu'il inventait à mesure qu'il disait. Parfois, Cécile lui répondait. Ainsi, ils se jouaient la comédie. Ils récitaient, ils répétaient, et quand ils avaient décidé qu'ils ne pourraient aller plus loin dans leurs effets, ou que tout simplement ils étaient fatigués, ils s'applaudissaient.

Quand ils ne s'amusaient pas, Cécile dormait, ou bien elle s'occupait de la maison. Pendant ce temps-là, Olivier grimaçait. Il ne pouvait pas supporter le silence. Elle dormait ? Il lui parlait, ou il faisait du bruit pour la réveiller. Elle était dans la cuisine ? Elle rangeait ? Eh bien, il l'en empêchait. Il prenait les boîtes de conserve et allait les empiler dans le salon, à côté du paravent 1930. Cécile lui disait qu'elle allait se fâcher, il la provoquait. Alors elle le menaçait d'ouvrir les volets, d'aller au Grand Hôtel, d'inviter un ami. Ainsi elle le tenait. Il rapportait les boîtes de conserve, il l'embrassait, il demandait pardon. Il ne voulait pas la quitter. Il ne voulait personne d'autre. Que personne n'entre ! Qu'elle ne sorte pas non plus !

Au début, Cécile s'était beaucoup amusée de cette exclusive, maintenant elle se demandait ce qui allait se passer. Il ne voulait plus entendre parler ni de Neuilly, ni de la famille, ni de la vie, ni de personne. Il lui disait : « Puisque je t'ai, toi... » et il l'embrassait. Cécile tentait d'ouvrir une fenêtre, il l'en empêchait. « Profitons-en, nous ne pourrons peut-être plus jamais vivre comme ça, tous les deux... » Cécile trouvait un prétexte pour sortir, il lui répondait : « Tu étais d'accord pour que nous nous enfermions ! C'est toi qui en as eu l'idée. » Cécile ne sortirait pas. Mais toutes les tentatives qu'elle faisait pour lui échapper, il s'en apercevait. Cela l'exaspérait. Il allait se cacher pour pleurer, il allait se cacher pour attendre qu'elle vînt le chercher, il ne pleurait pas facilement quand il le voulait. Elle venait parfois le chercher.

Il mangeait moins, il ne se soûlait plus. Maintenant, il acceptait volontiers le silence. Il semblait vouloir abandonner l'idée d'aimer Cécile. C'était alors elle qui venait. Elle le regardait de très près, elle lui léchait la figure, ou lui chatouillait les doigts de pieds. Mais alors, il l'aimait différemment. Avec peut-être autant de fougue. Mais il sentait monter le désespoir, il était plus désordonné. Dans le ciel de ses pensées plus rien ne l'accrochait, il faisait l'amour, comme la raison le fuyait : ses gestes, ses positions n'étaient plus pareils. Il cherchait à tout de suite s'épuiser. Ce n'était plus la désinvolture d'avant. Il avait changé de regard... Il ne se regardait plus. Il n'était plus secoué par le plaisir, il en frémissait, il en souffrait. Les draps lui pesaient. Les caresses de Cécile l'irritaient, et en même temps il en avait besoin.

L'aspect même de la maison s'en ressentait. Le désordre, comme l'humeur, avait tourné. Le canapé n'était plus aussi confortable, la baie vitrée n'avait jamais été nettoyée, maintenant cela se voyait.

Il se disait : jamais plus ! La vie, comme la mer remporte ses vagues, se chargerait de lui. Jamais plus aussi jeune, jamais plus aussi beau, et surtout, jamais plus Cécile. Une semaine, une semaine de vie frénéque l'avait épuisé, mais comment se détacher de Cécile ? Comment l'aimer différemment ?

Olivier s'était agité toute la nuit auprès d'elle. Contre son corps. Ils avaient fait l'amour quelques fois et Olivier, embrassant Cécile, eut soudain de la fièvre. A demi sommeillant, hébété, il avait dit à sa sœur : « Je suis fait pour toi, je suis pétri de toi, de ta chair. Mais ce n'est pas possible ! Cécile, je t'aime ! j'ai mal. Tue-moi puisque je t'aime ! tue-moi ! je veux mourir. »

Il avait crié, puis appelé Cécile, Cécile à côté de lui. Il avait épelé son nom, hurlant chaque lettre. Cécile était effrayée. Comment l'arrêter ? Que faire ? Elle avait voulu qu'il l'aimât, elle avait voulu le posséder. Aimer. Ce seul péché d'aimer, comme elle se repentait.

Elle avait désiré son frère intensément. Elle n'avait pas pensé aux conséquences. Cela faisait longtemps qu'elle voulait l'aimer. Elle y était prête depuis si longtemps. D'abord, elle avait cru pouvoir faire l'amour avec lui comme avec un ami, un ami avec qui ça n'a pas d'importance. Tandis que lui, maintenant, il était séduit. Il se disait envoûté, il disait que pour une fois, grâce à elle, il s'était aimé, il s'était trouvé. Il avait peur : sans Cécile, il se croyait perdu. Il la harcelait. Il ne la quittait plus. Elle faisait un pas, elle se retournait, il était là. Le soir, dans son lit, il était encore là.

Olivier s'était révélé à travers elle. Il n'y avait rien à faire. Rien ne comptait plus qu'elle, sa respiration, son corps, ses désirs. Lui qui n'avait jamais senti aucun poids, aucune contrainte, lui, l'insouciance, la légèreté, lui, Olivier, à cause de sa sœur qu'il aimait, il serait aliéné. Cela aussi, il le lui disait. Un piège, c'était son mot. Un mot, une idée, il était hanté. Comment s'échapperait-il ? mais elle ne le retenait pas. Qu'il s'en aille ! C'était elle maintenant, qui avait peur, mais il ne voulait pas partir, quitter Cécile. Il savait trop qu'un jour ou l'autre, il serait obligé de renoncer à sa sœur. Alors pourquoi pas tout de suite ? Il ne pouvait pas. A chaque fois qu'il tentait d'imaginer une autre vie, un autre Olivier, il trouvait Cécile. Une Cécile qui le regarde, qui se moque, qui juge, qui rit. Une Cécile indifférente. Une Cécile captivée. Une Cécile qu'il perdrait un jour, mais c'était sa Cécile. La Cécile qu'il aimait, qu'il aimerait toujours.

Cécile ne se doutait pas, ce soir-là, que la nuit qu'elle passait avec Olivier serait la dernière. Rien n'avait changé. La même exaltation, les mêmes mots, elle pensait qu'il finirait bien par se calmer. Olivier, dans le lit de Cécile, se débattait, il transpirait. Cécile essayait de le calmer. Elle lui parlait mais elle ne savait pas le désarroi d'Olivier. Elle ne pouvait pas savoir. Elle croyait à une révolte passagère. Elle l'entoura de ses bras, une fois de plus, pour le protéger. Il s'abandonna un instant, rassuré. Un silence, un sourire. Puis il la rejeta pour gémir à nouveau.

Alors, elle éteignit la lumière et s'enveloppa dans ses draps, le laissant découvert. Elle s'endormit, lui tournant le dos.

Olivier était désespéré. Il cria. La maison solidement ancrée au milieu du silence ne renvoya que l'écho de sa voix. Les larmes d'Olivier mouillèrent Cécile. Elle ne se réveilla pas. Il eut froid, il se réchauffa tout seul. Au bout d'une heure, il s'endormit à son tour.

Dimanche matin, il se réveilla contre elle. Cécile faisait mine d'oublier. Olivier, lui, se souvenait. Il parla jusqu'à midi. Monologue ultime. Monologue de détresse. Visions brutales. Son enfance, la solitude, la vérité, l'âge, la famille, l'heure, les minutes, les secondes, la mort.

Cécile ne pouvait qu'écouter. Parfois elle répondait pour se rassurer, mais il n'entendait pas. Le regard vide, il caressait le matelas. Le va-et-vient de ses ongles le long de la toile. Les rayures du matelas comme les barreaux d'une prison, d'une prison de mots qu'il forgeait de sa voix rauque. Cette voix aveugle qui l'écorchait, cette voix aveugle et sourde qui l'entamait. Et comme une litanie il répétait ses angoisses. Il mélangeait. Où en était-on ?

Cécile, excédée, ne répondait pas. Ce n'était pas la peine, Olivier ne l'aurait pas écoutée.

Ou peut-être, si. Elle ne sait plus. Aujourd'hui, le cœur inondé de chagrin, elle se pose encore la question. L'aurait-il écoutée ?

Cécile cherche à tout reconstituer. Le drame : souvent il revient sans qu'elle l'appelle, parfois il va trop vite, elle le rattrape pour en étudier le mécanisme, puis après l'avoir soigneusement démonté, elle bute sur la dernière image. Elle n'est pas sûre de l'avoir bien recomposé.

Cécile avait préparé sans enthousiasme leur déjeuner. Olivier mangea. Elle crut que son frère calmé tâchait d'oublier. L'air désabusé, il regardait le plancher. Machinalement il en comptait les rainures. Cécile mit un disque. Elle posa une question, il répondit. Il était deux heures de l'après-midi, une pendule sonna.

Olivier monta dans sa chambre et resta un long moment étendu sur le tapis. Peut-être une heure. En bas, Cécile s'affairait comme si de rien n'était. Quand elle vint le rejoindre, il se regardait, accoudé devant une glace. Elle lui proposa de l'accompagner au Grand Hôtel « pour se changer les idées ». Il répondit qu'il n'irait pas. Il ajouta qu'il ne pouvait plus rien changer, que tout était décidé. Cécile ne discuta pas, elle n'avait rien à répondre, elle sortit. Elle irait au Grand Hôtel toute seule.

Dès qu'elle fut partie, tout se passa très lentement pour Olivier. Comme si une machine s'était mise en marche au ralenti.

Il abandonna sa mère à laquelle il pensait, il entra dans la salle de bains, avala consciencieusement un à un tous les cachets qu'il put trouver et descendit nonchalamment. Dans le salon, il écrivit pour Cécile une lettre qu'il laissa sur le bord du canapé bleu, là où pour la dernière fois ils s'étaient embrassés avec tant de force. Ce n'est que lorsqu'il écrivit le nom de sa sœur sur l'enveloppe qu'il eut comme un regret, mais une fois le dernier « e » bouclé, il reprit sa marche, comme inconscient, semblant répondre à un appel. Il but alors, pour se donner du courage, un plein verre d'eau-de-vie. Avant de quitter la maison, il ne voulut rien revoir. Il sortit sans s'attarder. Déjà il titubait.

Sur le sable, il marcha contre le vent, tout près de l'eau. Il était tard. Les vagues glissaient vers lui, elles semblaient avoir compris. On aurait dit qu'elles voulaient le séduire. Le bruit qu'elles faisaient lui montait à la tête, mais il était décidé. Il n'hésita pas un seul instant, et se déshabilla face à la mer. L'immensité, la plage vide, personne, quelques lueurs au loin. Il imagina Cécile au Grand Hôtel avec d'autres que lui. Une bouffée de colère, une colère à s'étrangler. Il peigna ses cheveux de sa main crispée comme s'il écartait d'autres maux. Les souvenirs. Il entra dans l'eau doucement, jusqu'aux mollets, il était ivre. Soudain il explosa d'un rire sauvage et se mit à courir, à crier. Des mots incompréhensibles. Il nagea un peu, on eût dit qu'il luttait. Soudain il s'abandonna, une vague déferla, l'enveloppa et l'engloutit. Il réapparut une, deux, trois fois encore, comme s'il avait changé d'avis. On n'entendit brusquement plus rien. Il avait disparu. La mer l'avait escamoté.

Cécile rentra peu après minuit du Grand Hôtel, elle s'était amusée. Elle avait rencontré Anne-Sophie et les autres. Elle avait longuement parlé au propriétaire du Grand Hôtel qui lui avait expliqué le système des marées. C'était un voyageur. Il avait connu Blaise Cendrars. Cécile n'avait rien retenu, cela n'avait pas d'importance. Elle avait eu besoin de la conversation du propriétaire de l'hôtel comme d'une musique de fond : pour mieux s'écouter. C'est à Olivier qu'elle pensait. Il était si différent de ce qu'elle avait imaginé. Comment l'aborder maintenant ? Cécile se posait des questions. Elle ne savait pas qu'elle n'aurait pas à y répondre. Elle avait à la main un bouquet de fleurs cueillies pour lui.

« Cécile, je t'aime. Je n'aime que toi. Je suis perdu. Perdu ! Tu m'entends ? J'aime mieux mourir. Ne dis rien à personne. Je t'aimerai encore là où je vais échouer. Oublie-moi, je ne t'oublierai pas. »

Toute la nuit, Cécile chercha Olivier. Mais on ne trouva que ses vêtements. Elle resta quelques jours à se persuader qu'elle avait rêvé, qu'il reviendrait. Puis la mer n'en voulut plus. On retrouva vers la fin du mois d'août, sur un banc de sable, au milieu d'algues et de goémons, le corps bleu d'Olivier Lasserre.

IV

A l'ombre des châtaigniers de l'avenue Maurice-Barrès, Madame Blanche va, traînant. Elle a mal aux pieds. La tête un peu penchée sur son col de renard blond, la taille trop serrée dans son manteau de toile grège, elle pense à Cécile. Le docteur Blanche a confié à sa femme que Cécile l'inquiétait et qu'il faudrait peut-être l'amener chez un psychiatre.

Un psychiatre ? Il vaut mieux ne pas en parler à Monsieur Lasserre. Ce genre d'affaires, il les règle en famille. Le docteur et Madame Blanche n'ont pas insisté. Les Lasserre leur fournissent chaque année l'en-tête gravé de leur papier à lettre, toutes leurs cartes de visite et même leurs cartes de vœux. Tout compte fait, autant ne pas se fâcher.

Ce sont les Blanche qui ont introduit François de Chevigny chez les Lasserre. Après la mort d'Olivier, alors que quelques amis s'étaient éloignés des Lasserre et de leur malheur, comme pour se protéger, les Blanche, vagues relations, devinrent intimes grâce aux nombreuses attentions dont ils les entourèrent. Les Lasserre, à ce moment-là, offraient un terrain idéal à l'emprise de n'importe qui, de n'importe quoi. Les Blanche surent le comprendre.

Si Madame Blanche, frigide, accaparait Cécile parce qu'elle n'avait jamais eu d'enfant, Monsieur Blanche, frustré, trouvait chez les Lasserre une famille. Ainsi, tout le monde était content, chacun avait son compte. Le dimanche on allait chez les Lasserre, et presque tous les soirs de la semaine on sortait. Des restaurants, chaque fois un nouveau. Les Blanche et les Lasserre leur attribuaient des notes, comparaient, classaient. S'ils s'entendaient si bien, c'est aussi qu'ils se parlaient peu. Les Lasserre pensaient à Olivier, les Blanche à eux-mêmes.

Cécile se montrait si désemparée que les

Lasserre se persuadèrent, poussés par les Blanche, qu'elle ne se marierait jamais et que sa vie s'arrêtait là, au souvenir de son frère. Cela faisait déjà un an ! Un an de silence et de peine. Parfois, on voyait Cécile se promener seule, des heures entières, tâchant d'assembler comme dans un puzzle les images les plus tendres, les plus rares, les plus délicieuses de sa vie passée. Elle se complaisait dans ses pensées, et quand de vagues elles devenaient plus précises, elle montrait alors un visage si effrayé qu'on pouvait croire qu'elle allait crier. Cécile ne sortait que pour en finir avec ses angoisses, pour achever de régler ses comptes avec Olivier. A ces moments-là, elle essayait de retrouver la Cécile qu'elle était. Elle redressait la tête, elle respirait plus fort, elle riait. Elle riait pour rien, pour s'entendre, exagérant le mouvement de sa gorge, se voulant forte. Elle marchait l'air décidé, autoritaire, comme pour mieux prendre possession d'elle-même. Mais quand elle rentrait, Emma, la bonne avait peur. Elle disait à Cécile que le diable l'habitait. Ce n'était pas tout à fait vrai.

Un dimanche après-midi, à Héricy, près de Fontainebleau, chez Marie-Thérèse Le Murier, Cécile fit la connaissance de François de Chevigny. Il avait été amené là, comme les Lasserre, par le docteur Blanche qui avait soigné Mademoiselle Le Murier et s'en était fait une amie.

On déjeuna à l'intérieur, sur une table de marbre blanc. La salle à manger avait du charme, Madame Blanche lui trouvait du cachet. Les murs amande étaient recouverts d'assiettes et de petits cadres dorés dans lesquels souriait pour l'éternité toute la famille Le Murier. Le carrelage, noir, jaune, blanc et violet, se reflétait au plafond dans une glace peinte par Sarah Bernhardt.

On servit le café dans le jardin, en plein soleil, sur un petit terre-plein de gravier. Des petits groupes se formaient. Cécile demeura à l'écart, elle ne désirait pas s'y mêler. Recroquevillée sur une chaise longue, elle ne voyait personne. Elle n'était pas malade. Simplement elle souffrait. Pâle, elle ramenait ses cheveux le long de son visage comme pour se protéger, s'enfermer. A un mètre d'elle fleurissait un énorme hortensia, qui avait l'air si fier et si content de sa grosseur que c'en était insultant. Tandis qu'elle rêvait, un garçon à l'œil bleu, assis sur un fauteuil en rotin, aux côtés de Madame Blanche, parlait. Il regardait au loin, et, par moments, portait longuement à ses lèvres une tasse ébréchée de porcelaine peinte. Il pouvait avoir vingt-cinq ans.

Pour la seconde fois de la journée, Madame Blanche crut bon de présenter à Cécile François de Chevigny. Le bleu de ses yeux était intense, il désirait briller. Il se lança. Les premiers mots. Cécile était séduite par la musique de sa voix. Mais elle n'écoutait pas. Il s'arrêta de parler. Elle soupira, satisfaite, déçue. Il se crut encouragé. Il continua. Elle l'entendit. « C'est intéressant de voir les visages, on y lit tant de choses, c'est comme les nuages. Cécile, vous vous appelez bien Cécile, vous n'avez rien dit à table, j'ai beaucoup d'admiration pour le silence. »

Cécile, intriguée, se redressa vers lui. Il fit semblant de ne pas le remarquer. Au loin le gazouillement de Mademoiselle Le Murier rendait leur dialogue plus intime. Il en vint vite aux confidences. François parlait de lui, de sa mère, de l'Angleterre. « Je suis né à Londres, j'y ai été élevé. J'ai toujours vécu en pension et ce n'est pas très drôle. Je n'arrivais pas à me faire beaucoup d'amis. J'étais difficile, je m'en rends compte maintenant. Je n'étais pas un bon élève, je passais mon temps à rêver, ou à dessiner. Je n'avais pas d'amis : tout ce qui les intéressait m'ennuyait et je n'avais rien à leur dire. Je suis fils unique et ne sais pas me confier. J'aurais eu une sœur, ou un frère, cela aurait été différent. Bien que... non ! J'étais quelqu'un de trop secret. J'aimais garder pour moi toutes mes histoires. C'est beau un secret. »

En écoutant François, Cécile pensa à Olivier, lui aussi, sans elle, aurait été secret.

« Enfin ! poursuivit-il, quand ma mère est morte, je suis sorti de pension. A cette époque je détestais l'Angleterre, alors je suis revenu en France, j'avais dix-huit ans. Je ne connaissais personne. Un jour, je suis tombé malade. On m'a envoyé chez le docteur Blanche et je suis devenu un ami de la famille. Les Blanche m'ont hébergé, ils m'ont aidé, j'ai vécu leur vie, et voilà », fit-il en baissant imperceptiblement les yeux, « c'est grâce à eux... » Cécile se dit que la spécialité du docteur Blanche était de recruter ses amis parmi ses malades. Elle se demanda alors pourquoi Madame Blanche n'avait encore jamais parlé de François, elle si bavarde. Pourquoi ne l'avoir pas amené auparavant ? Si Madame Blanche avait patienté si longtemps, si elle avait ménagé l'entrée de François, c'est qu'elle attendait son moment. Aujourd'hui, elle avait osé.

« Bravo ! J'étais sûre qu'on se plairait. Vous deviez à tout prix vous connaître, vous êtes si semblables. » Madame Blanche n'obtint ni réponse, ni regard. Elle n'en attendait pas.

Cécile voulut savoir s'il avait d'autres parents. « Je n'ai personne. Il ne me reste rien. Pas un vrai souvenir. J'ai même perdu la montre en or que ma mère m'avait offerte. Bien sûr, j'ai encore quelques lettres, je les relis parfois. Alors je suis surpris par l'enfant que j'ai été. Comment ai-je pu tant rêver ? Rêver et vivre à la fois. » Ils parlèrent, l'après-midi se termina. Il y avait déjà un secret entre eux.

V

François lui téléphona le soir même. La communication fut très longue. Ce n'était pas ce qu'ils disaient qui comptait, mais parler. Dès la première phrase il la tutoya. Elle aussi. Tous les deux se forçaient, mais ils y mettaient tant de bonne volonté qu'ils prirent vite le même ton. Leur empressement à bien s'entendre gommait tout ce qu'il y avait d'artificiel. François ne lui fit aucun compliment, cela aurait été facile, banal. Il voyait bien que Cécile n'aimerait pas la banalité. Elle cherchait à être intriguée, il l'intrigua. « Je travaille dans un journal. Je gagne bien ma vie. Je fais des enquêtes. Un jour j'ai tout lâché. Ce n'est pas que je m'ennuyais, mais je pensais que je pourrais faire autre chose. Et puis je suis revenu au journal. J'ai compris. Depuis, je vais, je viens, mais je sais ce que je veux ! Je suis le contraire d'un velléitaire. Je voudrais faire des photos de vous. Je pense que tu es photogénique. Voulez-vous que l'on fasse des photos samedi ? » Cécile accepta tout de suite. Elle n'était pas coquette. Pourquoi ferait-elle semblant ?

Jusqu'au samedi suivant, il lui téléphona tous les soirs, après le dîner. Cécile, allongée sur son lit, l'écoutait, lui répondait. Il connaissait beaucoup de choses. Il lui fit part de ses expériences, de ses goûts. Il lui conseilla de lire *les Demeures philosophales* de Fulcanelli. Il lui proposa de lui faire connaître Madeleine Castaing pour voir des tableaux de Soutine. Il traçait devant elle toute une route, un chemin qui la tirait de son passé, de ses angoisses, de sa famille. Il représentait... Celui qu'elle avait appelé. Celui qui pourrait l'aider. Elle n'avait jamais vraiment tenté de surmonter son drame avec quelqu'un. Et par hasard, elle avait rencontré... ? « Voulez-vous que l'on fasse des photos samedi ? » Comme à Saint-Briac avec Olivier. Comme elle l'avait photographié. François se mettrait à la place de Cécile, derrière l'objectif, Cécile, à la place d'Olivier.

Jeudi et vendredi, elle se montra très gaie en famille. Les Lasserre en étaient heureux. Ils savaient que c'était à cause de François, François qui téléphonait tous les soirs. Ils s'étaient renseignés auprès des Blanche. « Ce n'est pas un fantasque », avait dit Madame Blanche.

Samedi, François viendrait la chercher. Pour la première fois il viendrait à Neuilly, chez les Lasserre.

Il avait réfléchi. Il ne devait pas se montrer trop enthousiaste. Il ne se voulait pas timide non plus. Ce n'était pas son style. Il avait envie de plaire, vite, mais pas trop vite non plus, pour ne pas gâcher. Entre Cécile et lui, il y avait déjà toutes ces heures au téléphone. Mais ils ne s'étaient vus qu'une fois. Ils connaissaient plus leurs voix que leurs visages. Il lui avait dit : « Voulez-vous que l'on fasse des photos samedi ? »

Avant de sonner à la porte des Lasserre, François a marché dans le bois de Boulogne, peut-être une demi-heure. En bandoulière, son appareillage photographique ; à la main, un disque de Barbara. Une marche rapide pour se défouler, se dessoûler. Il a regardé les arbres. Un jour, il aura un grand parc, à lui, autour d'une maison, à lui. Les passants ne le savent pas. Ils ne savent pas qu'un jour ce garçon qui marche, un disque à la main, aura une grande maison, avec un grand parc. Ils ne savent pas qu'il sera riche. On dira de lui, en le voyant passer : « Vous avez vu ? C'est François de Chevigny ! C'est un monsieur qui a de l'argent. Il a une maison remplie d'objets, et un jardin immense, avec de très grands arbres. » François de Chevigny ! Il répète son nom pour lui tout seul. Il a vu la maison des Lasserre. Il ne sait pas que Cécile, derrière un rideau, le guette.

Il est déjà passé deux fois devant la maison. Elle se demande pourquoi il n'entre pas. Elle pense à l'heure. François est très en avance. Elle est heureuse. Olivier aurait fait comme lui. Il serait arrivé trop tôt. Il aurait tourné autour de la maison. Il n'aurait pas osé entrer tout de suite. Il aurait même laissé passer l'heure. Cécile est frappée par leur ressemblance. Il est grand comme il était grand et la même démarche, un peu précipitée. Et parfois, dans les gestes, la même retenue. Pourtant elle n'a pas encore bien étudié ses gestes.

Elle n'a pas eu le temps : elle ne l'a vu qu'une fois.

On a sonné à la porte.

Depuis plus d'un quart d'heure Cécile a quitté la fenêtre. Dans sa salle de bains, elle se regarde dans un miroir. Trois faces qui lui renvoient la sienne. Elle ne se trouve pas laide du tout, mais elle ne s'aime pas. Les cheveux le long de son visage. Elle a essayé de se coiffer différemment. Les cheveux en arrière, c'est pire. Un chignon, ce n'est pas mieux. Elle laisse pendre ses cheveux, le long de son visage. Ça la rassure. Ses cheveux qui viennent effleurer ses épaules. Suffisamment longs, mais pas trop. Devant sa glace, des tubes de rouge à lèvres sont posés comme des soldats de plomb. Aussi inefficaces.

Des soldats de plomb, Olivier en avait toute une collection. On lui en achetait quand il avait bien travaillé. Une récompense. Il ne jouait jamais avec ses soldats. Il les mettait là, sur la cheminée de sa chambre. Les uns à côté des autres, les uns derrière les autres. Cécile avait fait la même chose avec ses tubes de rouge, sauf que parfois elle s'en servait. Mais pas aujourd'hui. Elle ne mettrait pas de rouge. Elle était tout en noir. Pour les photos. Et puis, la première fois qu'il l'avait vue, elle était aussi en noir.

Elle allume une cigarette, en tire une bouffée. Elle attend. Elle est certaine qu'il va venir puisqu'elle l'a vu à l'orée du bois. Elle l'a vu. Il avait en bandoulière un appareil photographique et à la main un paquet plat. Quelque chose pour elle. A moins que ce ne soient des photos qu'il veut lui montrer. Il lui a parlé de ses photos au téléphone.

Cécile est toujours devant sa glace. Elle ne pense plus. Elle n'a pas entendu sonner. Pourtant, elle l'attend. Elle l'a même vu de la fenêtre de sa chambre. Sa chambre est au premier étage, à côté de celle d'Olivier. Les deux chambres donnent sur le bois. La chambre des parents Lasserre est derrière, sur le jardin. Chacun son domaine.

Dans le salon, Monsieur Lasserre lit son journal, Madame Lasserre écrit une lettre. Elle parle de temps à autre à Monsieur Lasserre. Il ne répond pas toujours.

Devant la porte, François attend. Etonné qu'on ne lui ouvre pas tout de suite. Mais peut-être ne l'a-t-on pas entendu. Il sonne une autre fois.

François sur le pas de la porte. Son appareil, son disque. Il regarde une console, à côté de lui, une belle console, recouverte d'une plaque de marbre blanc. Elle supporte un bois de Prague, un bois de Prague qui ressemble à Jean-Jacques Rousseau.

Cécile descend. Madame Lasserre, elle, est dans le salon. François pose son appareil photographique sur la console, devant Jean-Jacques Rousseau. Il a le dos tourné. Cécile en profite pour sourire. François est très beau. Pantalon vert, veste couleur vigogne, tricot à col roulé aubergine. Il tend son paquet plat, et n'oublie pas de lui dire « tu ».

Elle le remercie. Il est gêné, il n'aime pas qu'on le remercie. Cécile regarde son disque. Sur la pochette, un titre barre le visage de la chanteuse : « Dis quand reviendras-tu ? » Cécile lève les yeux vers François : reconnaissants et incrédules. Elle ouvre la bouche, la referme aussitôt. Il ne comprend pas.

Monsieur Lasserre a posé son journal, Madame Lasserre a rangé sa correspondance. Cécile est assise en face de François. Ils se sont dit tant de choses au téléphone qu'elle ne veut pas dire n'importe quoi. Le silence ne les gêne pas, ils se connaissent.

Cécile regarde sa mère parler. Madame Lasserre a l'art de dire des riens qui dans sa bouche passent pour autre chose. Monsieur Lasserre, lui, se documente : la vie d'un journal, il pose des questions. François répond. Longuement. Comme si les questions méritaient à chaque fois qu'on s'y attarde. Monsieur Lasserre ne juge pas tout de suite François, c'est contre ses principes. Mais sa première impression est bonne, les Blanche avaient raison : c'est un garçon sérieux.

Madame Lasserre ne porte pas une attention spéciale à François. Il ne la dérange pas, mais elle ne voit aucune raison de s'émouvoir, elle pourrait aussi bien tricoter.

Cécile trouve tout d'un coup mille choses à dire. Elle se retient. C'est François qui parle maintenant. Il répond à Monsieur Lasserre qui lui a demandé ce qu'il comptait faire plus tard.

François n'a pas d'idée précise. Simplement, il donne l'impression qu'il sait. Il sourit. Cela suffit à Mme Lasserre.

Cécile se lève, François aussi. Monsieur Lasserre se lève à son tour, il serre la main de François, une bonne poignée de main, hein ! Mme Lasserre les accompagne.

Cécile, à la perspective de sortir avec François, montre tout à coup un visage éclatant. « Attendez-moi ici, je reviens tout de suite. » Elle se précipite dans l'escalier qu'elle gravit en courant. François écoute Madame Lasserre. Ils parlent du temps. Elle lui dit qu'elle aime tous les temps à condition que son mari soit avec elle. Madame Lasserre supporte mal la solitude. François, c'est le contraire. Etc.

Cécile descend. Elle s'est mis du rouge à lèvres. Madame Lasserre ne l'a pas remarqué. François, oui, mais il ne dit rien. Il baise la main de Madame Lasserre qui retourne dans le salon. Cécile est soulagée, elle redoutait l'entrevue de François et de sa mère. Elle y avait longtemps pensé. Et si sa mère avait été ridicule ? Ou agressive ? Non, elle avait été parfaite, juste ce qu'il fallait d'indifférence. Elle dit à François de reprendre son appareil photographique. Il demande à Cécile si le bois de Prague représente Jean-Jacques

Rousseau. Cela fait sourire Cécile, qui répond non.

Ils sont sur le pas de la porte, embarrassés. François regarde Cécile. Elle porte le disque qu'il lui a offert, la main posée sur le visage de la chanteuse. Il sourit. Cela ne sert à rien de sortir avec un disque qu'elle ne pourra pas écouter. Elle baisse les yeux, il a raison. Au lieu de poser le disque sur la console, elle le cache par terre, derrière un rideau auquel on ne touche jamais. Ils referment la porte. Ils vont déjeuner, tous les deux, pour la première fois.

VI

Une table à la Closerie des lilas, côté brasserie. Ils sont tous les deux sur la banquette, ils mangent le même pamplemousse. Chacun une moitié. Un gigantesque aquarium est encastré dans le mur. A l'intérieur gigotent quelques homards. Il y en a deux qui semblent faire l'amour. Contre les parois de l'aquarium, une flopée de truites.

François :

— Tu es belle. Tu ressembles à ta mère.

— Je ne trouve pas.

— Si, le même nez, la même bouche, et surtout les attitudes.

— Mon frère lui ressemblait plus que moi.

Elle lui parle d'Olivier. Elle lui raconte ce qu'elle veut qu'il sache. Pas plus. Elle lui montrera des photographies d'Olivier.

Un soir, au téléphone, elle lui avait dit qu'il

avait presque la même voix. Olivier parlait plus vite, mais la même voix. Un timbre qu'elle a reconnu, qu'elle a voulu reconnaître. Tout à l'heure, à Neuilly, Cécile a dit à sa mère : « Tu ne trouves pas que François a la même voix... » Elle n'avait pas terminé sa phrase que sa mère avait répondu : « Cela ne m'a pas frappée. » François s'était tu. Il avait détourné la tête pour ne pas les gêner. Cécile dira demain qu'il a encore bien autre chose d'Olivier.

Les homards font toujours l'amour, les truites sont toujours collées à la paroi de l'aquarium. Elle lui parle d'Olivier. Il sait tout ce que les parents Lasserre savent. Rien de plus. L'amitié de Cécile pour son frère. Il avait à peu près sa taille, sauf qu'il était plus mince. Les mêmes cheveux, sauf qu'il les avait en arrière. Cécile s'est arrêtée de manger, elle respire profondément, elle retrouve Olivier. Il est là, devant elle, il l'écoute, il comprend si bien. Elle sent l'odeur de sa peau. Cécile ne peut plus se taire. Elle dit à François ce qu'elle aurait dit à Olivier.

Olivier, François, elle ne sait pas encore. Elle lui raconte tout ce qui s'est passé quand il n'était pas là, quand il était mort. Tout ce qu'elle a tu. Elle peut enfin se livrer, et pourtant elle ment.

— Il y a toujours eu, entre le monde extérieur et nous, un mur. J'étais la seule à bien connaître mon frère, et en même temps tout nous séparait. Il y a eu cet accident. La famille a pleuré. Je me sentais coupable. Pourquoi l'ai-je laissé seul ? C'est vrai, j'aurais pu l'empêcher de se baigner, le secourir, ou bien partir avec la vague qui l'a emporté. Je n'en ai jamais parlé à personne, et personne n'osait me parler. Au début, on m'a entourée d'un silence... On faisait attention. Maman pleurait. Papa... Je ne sais pas. Je n'ai jamais pu savoir. Pour lui, ce qui compte avant tout, c'est maman, il l'a choisie. Nous, on était à part. Papa voulait donner l'image d'une famille unie. On nous laissait libres pour ne pas déranger.

— Et Olivier, il n'a jamais souffert de cette indifférence ? demanda François.

— Non. Mais ce n'était pas de l'indifférence. Comment dire ? On ne communiquait pas, c'est tout. Du reste, on ne communique jamais. On est si seul. Sauf avec Olivier, j'ai toujours été seule. Lui, il me racontait sa vie, ses problèmes, on partageait. Il n'a jamais rien gardé pour lui. Moi, je n'ai jamais eu personne. J'avais lui, mais parlez-moi de vous.

« Vous êtes intuitif, vous n'aimez pas la campagne et vous ne vous ennuyez jamais. Est-ce que je me trompe ? Je ne crois pas. Vous avez du courage, de la mémoire, des habitudes, mais cela ne me dérange pas. Rien ne me dérange. Je m'adapte. Seul le silence me fait peur. Au début, j'en avais besoin, pour comprendre. Mais parfois, enfermée dans ma chambre, j'ai pensé que j'éclaterais. Je ne pouvais plus supporter ces quatre murs, cette maison. Je regardais autour de moi. Les murs de ma chambre, mon lit, la cheminée, la bibliothèque. Je haïssais. J'avais peur. Tous ces livres que je mettais sans cesse en ordre, les tableaux que j'accrochais, décrochais, raccrochais, plus haut, plus bas, mon lit que je refaisais sans cesse, tout cela me faisait mal, m'épuisait. La tête me tournait. Si vous saviez comme je me suis haïe. Haïe d'accepter une vie de nonne. Et une nonne, elle, au moins, elle a choisi. Vous me direz que j'aurais dû sortir, eh bien, je suis sortie. Dans la journée je marchais dans le bois. Mais les arbres, toujours les mêmes, secrets, immobiles, indifférents. Les passants, les journées, le bois, je m'ennuyais. Comme un automate je rentrais. Je montais dans ma chambre, vous ne connaissez pas ma chambre ? Je rangeais ou je m'étendais sur le lit. Je descendais pour déjeuner. Mes parents parlaient entre eux. Je n'existais pas. Ce n'est pas qu'ils m'ignoraient, non, j'étais là, mais j'étais là comme une plante. Après déjeuner, je remontais dans ma chambre, je rangeais. J'ouvrais des livres, j'en lisais quelques pages au hasard, mais je m'ennuyais. Et j'avais mal de m'ennuyer. Alors je m'asseyais devant le piano. Je l'ouvrais, j'en jouais. J'aime bien le piano. Je n'en joue pas très bien, mais tout l'aspect mécanique des mains courant sur le clavier, même pour des gammes, ou des arpèges, me plaît. Mon piano. C'est une idée de Madame Blanche, le piano. Vous savez jouer du piano ? Olivier, lui, il savait. Il avait pris des leçons, il pouvait jouer n'importe quoi. Moi pas. Je n'ai pas beaucoup d'oreille. »

François suivait Cécile. Il était fasciné, par

son physique, par son histoire. Il ne songeait pas à l'interrompre. Pourtant il lui posa une question.

— Dieu ? Une fois qu'on est sur terre, on peut beaucoup plus de choses que lui. Je ne sais si j'y crois.

Olivier aurait dit la même chose, ou à peu près.

Cécile ne sait plus… François ou Olivier ? En face d'elle, le silence. Elle avance la main comme pour toucher le visage de François, pour le caresser, mais elle retire sa main. On ne fait pas des choses comme ça dans un restaurant avec son frère !

François a compris. Il regarde les homards dans l'aquarium, ils ne font plus l'amour.

— A quoi penses-tu ?

Il répond :

— Je pense à toi. Je ne sais pas si je peux t'apporter ce que tu attends. J'ai peur de ne pas être ce que tu cherches. J'ai peur de te décevoir.

Elle l'interrompt :

— Je t'aime !

Elle le lui a dit. Elle ne pouvait pas ne pas le lui dire. Olivier ne lui avait pas appris à se retenir. Il demandait toujours : « Tu m'aimes ? Dis ? Tu m'aimes ? » Elle ne répondait jamais. Il ne faut pas répondre. François n'a pas répondu. Il l'a regardée. Elle a baissé les yeux. Il lui a souri.

Cécile dîne seule dans la salle à manger. Ses parents sont sortis, ils sont avec les Blanche. Emma sert. Le téléphone sonne, Cécile se lève. Ce n'est pas François. Cécile ne va pas se rasseoir, elle n'en a pas envie. Elle monte dans la chambre d'Olivier, elle va chercher François. Les soldats de plomb, les livres et tous les petits objets.

Ils ont fait des photos dans le jardin du Luxembourg. Des photos de près, de très près, et de très loin aussi. L'œil de Cécile, et puis la silhouette de Cécile jouant avec la lumière au loin, au milieu d'arbres dont elle ne sait pas le nom, plantés en quinconce. Lui n'a pas voulu qu'elle le photographie, pourtant elle en avait envie.

Cécile ne regrette pas tout ce qu'elle lui a

dit. Elle aurait voulu qu'il dîne avec elle, qu'il passe la nuit avec elle, et qu'il ne reparte pas le lendemain, ni plus jamais. Cécile voudrait que François l'appelle ce soir. Elle voudrait lui parler, mais François ne l'appellera pas, il le lui a dit. Il dîne chez des amis.

Mais qui sont ces amis ? Pourquoi ne les connaît-elle pas ? Avant, elle les connaissait. Cécile se tient le front. Il faut qu'elle agisse, qu'elle intervienne. Elle quitte la chambre d'Olivier pour pénétrer dans la sienne. Que lui reste-t-il de cette journée qui lui a tant apporté ? Elle le voudrait là, François.

Elle lui a laissé son visage, elle le lui a donné. Si la photo est bonne ? Elle prend le disque. Elle écoute une face, et puis l'autre. Il n'a toujours pas téléphoné. Il ne téléphonera pas, il le lui a dit. Mais elle ne l'a pas cru. Olivier disait lui aussi beaucoup de choses qu'il ne faisait pas. Alors elle a attendu. Attendu ! Elle ne l'a donc pas assez attendu ? Tout ce temps passé à l'attendre ! Ne sait-il donc pas ? Il ne peut pas ne pas savoir. Olivier, François…

Emma vient de monter. Mademoiselle Lasserre n'a besoin de rien, elle l'a dit. Cécile veut François. Elle descend l'escalier, prend son manteau. Elle va marcher, non, elle va conduire. Elle prend les clés de la voiture. Elle sort.

Cécile a traversé le bois rapidement. Maintenant elle est porte Maillot. Elle a ralenti, elle s'est arrêtée. A côté d'elle quelques voitures sont rangées. Cécile, portes et vitres fermées, regarde.

Un couple de gigantesques nègres parlent à un jeune garçon au volant d'une voiture de sport. Les nègres sourient, piétinent. Ils montent dans la voiture. La voiture s'en va.

Plus loin, près des jardins, des filles marchent. Il y en a une, blonde, les cheveux crêpés, le visage très maquillé, qui porte une petite robe à carreaux rouges, très décolletée. Des bottes blanches venant jusqu'au-dessus du genou. Elle se dandine jusqu'au bord du trottoir, comme si elle allait traverser. Des voitures passent en trombe, d'autres plus lentement, la frôlent. Un cabriolet s'arrête. Elle se penche à la portière, on échange quelques mots, elle se retourne, la portière s'ouvre, la fille à carreaux rouges entre, la voiture ne repart pas tout de suite.

A côté de Cécile, une auto se range. Au volant, un homme de quarante ans. Il regarde Cécile avec insistance, sourit. Cécile ne sourit pas. L'homme agite sa tête et fait un geste. Cécile, manifestement, ne veut pas comprendre. Il agite de nouveau sa tête. Cécile change d'attitude. Elle fait la distraite. Il ouvre sa vitre, mais ne dit rien. Cécile remet le contact et repart, soudain elle a pensé à François. A la Closerie des lilas, elle lui a dit : « Tous les gestes que l'on fait dans la vie comptent, même ceux qu'on n'a pas voulus. » Il était de son avis. Il lui a répondu : « La plupart du temps on ne les reconnaît pas. » Cécile ne se reconnaît pas. Elle est porte Maillot. Elle a traversé le bois pour venir là. Un homme l'a regardée avec insistance, lui a souri. Cécile, affolée, a démarré. Elle voit devant elle l'Arc de triomphe. Dans son rétroviseur, l'auto. Cécile accélère. Les Champs-Elysées, la Concorde, l'auto est tantôt derrière, tantôt à sa hauteur. L'homme la regarde. Maintenant, il ricane. Cécile a peur. Boulevard Saint-Germain, boulevard Saint-Michel, le Luxembourg. Rien dans le rétroviseur, elle se retourne, rien non plus. Elle l'a semé. Elle soupire. Elle s'arrête. Le jardin du Luxembourg. A cette heure-ci, le jardin est fermé. C'est dommage. Elle aurait voulu y retourner. Mais pourquoi les jardins publics sont-ils fermés la nuit ? On ne peut pas voler un jet d'eau ! Alors ?

Cécile regarde les noctambules. Il n'y en a pas beaucoup. Le long des grilles, elle marche. Elle fait le tour du jardin. Elle a suivi un jeune homme, elle l'a abordé : « Vous rentrez chez vous ? » Il ne lui a pas répondu. Cécile a insisté. Curieuse de voir qu'elle avait changé, qu'elle était devenue la Cécile qu'elle aurait été, sans Olivier. Elle a dit au jeune homme : « Vous ne savez pas ce que vous perdez. » Le jeune homme, surpris, a traversé la rue. Cécile est retournée à sa voiture.

Saint-Germain-des-Prés. Cécile derrière l'église. Une boîte de nuit au hasard. La porte s'ouvre. Une fille rousse montre le chemin à Cécile qui fait mine de connaître. Dans le fond d'une salle à moitié vide, elle s'assoit. Elle commande un whisky, elle allume une cigarette. On danse devant elle. Cécile n'a pas voulu d'un endroit où elle risquerait de rencontrer des gens qu'elle connaissait. Elle veut tenter sa chance. Elle est jolie, bien habillée, nouvelle. On la regarde. Beaucoup de femmes, quelques-unes dansent entre elles. Cécile sourit, elle ne pouvait pas savoir. A la table à côté, elle entend deux filles qui plaisantent. Devant elle, on danse.

— Je m'appelle Dominique, je peux m'asseoir à côté de vous ?

Dominique s'assoit à côté de Cécile. Dominique parle de ses malheurs. Dominique ennuie Cécile. Du reste on invite Dominique à danser. Cécile soupire. Cécile pense à François.

Elle ne peut pas l'appeler, il dîne chez des amis. Peut-être qu'à cette heure-ci il a fini. Il a sûrement fini. Elle aurait dû lui demander de venir la rejoindre. Elle n'y a pas pensé ! « Je vais lui écrire une lettre. Je vais lui dire que je l'aime, mais que ce n'est pas grave. » C'est vrai, il avait l'air soucieux, accablé par tant d'ardeur. « Si cet après-midi je t'ai dit si fort tout mon amour... » Elle ne sait pas comment s'excuser. S'excuser de quoi ? D'exister. D'avoir retrouvé celui qu'elle aime. Oui. Il faut qu'elle lui écrive, qu'elle lui explique. Mais elle lui a pourtant parlé ! « J'ai le sentiment d'avoir été confuse, comprenez que grâce à toi j'ai... » Elle ne va pas lui écrire. « Je ne vous inonderai pas de lettres, c'est la seule que vous recevrez de moi si vous songez que tu ne peux assumer ce rôle... » En même temps elle ne veut pas croire qu'il ne l'aime pas. Il ne peut pas ne pas l'aimer. Olivier l'aimait tant. La lettre qu'il lui a laissée avant de mourir, la lettre qu'elle a détruite. Elle en avait la preuve.

Dominique ne revient pas s'asseoir à la table de Cécile. Deux femmes s'embrassent. Cécile voudrait embrasser François. « Je ne vous ai pas donné de rendez-vous, tu m'as dit que tu me téléphonerais. J'attendrai ces appels. » Cécile ne va pas écrire. C'est Olivier qui écrivait.

Cécile se lève. Un homme lui a demandé de danser. Elle est prise dans ses bras, il la serre contre lui. L'homme ne parle pas. Cécile a posé sa tête sur l'épaule de cet homme. Un homme brun. Elle se laisse bercer, elle est bien. Si heureuse qu'elle voudrait bien pleurer sur elle. Sur elle, pauvre Cécile. Mais l'homme la tient. Il habite l'île Saint-Louis.

Il a emmené Cécile. Un petit appartement.

Aux murs quelques tableaux, puis des objets rapportés d'un voyage en Inde. Cécile est dans son lit, un lit très bas. L'homme est fort. Cécile ne dit rien, l'homme non plus. Ils ne sont pas là pour parler.

VII

Quand, le matin, Cécile retrouve son lit de jeune fille, à Neuilly, elle est transformée. Elle chantonne, rit. Elle a passé la nuit dehors. Emma regarde Cécile.

— Mais qu'est-ce que vous avez à me regarder comme ça, Emma ?

— Mademoiselle ne s'est pas couchée cette nuit, votre lit n'a pas été défait.

— Oui, le lit n'a pas été défait... Personne n'a téléphoné ?

— Personne. Vos parents dorment encore.

— C'est ce qu'ils ont de mieux à faire.

Avant d'entrer dans la chambre d'Olivier, Cécile effleure le téléphone. Elle le prend, elle le repose. C'est à lui d'appeler.

Cécile ouvre les tiroirs du bureau d'Olivier. Ils sont méticuleusement rangés. Des boîtes les unes à côté des autres, des crayons, une bouteille d'encre, des gommes, ce n'est pas ça qui l'intéresse. François devrait l'appeler. Emma rentre :

— Vous cherchez quelque chose ?

— Non.

Emma s'en va. Cécile claque la porte et la ferme à clé. Elle s'assied sur le lit. Si François appelle, elle laissera sonner plusieurs fois. Elle ne répondra pas tout de suite. Oh ! Et puis si. Pour que personne d'autre ne décroche, ne lui parle. Pourtant non, elle laissera le téléphone sonner. Pour qu'on sache. Peut-être n'appellera-t-il pas ce matin, ni cet après-midi. Elle ne sait pas. Elle se lève du lit d'Olivier. En passant devant la cheminée, elle touche aux soldats de plomb. Il y en a deux qui iraient bien ensemble, elle les rapproche. Elle fouille dans les tiroirs d'Olivier. Elle cherche. Elle tombe sur des lettres. Des lettres sans intérêt, les lettres des parents, les lettres d'amis. Ce n'est pas cela qu'elle cherche. Elle veut quelque chose de plus intime. Les cahiers d'Olivier.

Elle a trouvé ! Un tout petit carnet de moleskine noire. Par endroits la moleskine est grattée pour qu'apparaisse la toile. Elle ouvre le carnet. Elle regarde la date. Elle calcule. Il avait douze ans, douze ans et demi. Olivier était un poète. Il aurait écrit, il aurait continué d'écrire. Il serait peut-être devenu Rimbaud, ou Lautréamont... Peu importe ce qu'il serait devenu. A son âge, il ne savait pas qui était Rimbaud, ni Lautréamont. Il avait besoin d'écrire, mais pourquoi écrivait-il ? Pour qui écrivait-il ? Olivier devait écrire le matin, quand elle n'était pas réveillée. Il devait se cacher pour écrire, ou faire semblant de travailler à un devoir. Maintenant elle se souvient qu'à Saint-Briac, il lui avait avoué qu'il avait des cahiers couverts d'écriture. Elle lui avait demandé un soir, devant la baie vitrée, s'il écrivait encore, s'il écrirait son aventure avec elle. Il avait éclaté de rire. Il avait porté la main à son front et avait fait signe que c'était impossible, trop difficile. D'avance, il en avait mal à la tête. Ecrire son histoire avec elle ? mais elle n'y pensait pas.

Cécile ne pense pas à Olivier, elle pense à François. Elle tient le journal d'Olivier, elle tient la certitude d'intéresser François.

Cécile saute sur le téléphone. Elle appelle : « Devinez ce que j'ai trouvé ? »

Il lui a dit qu'il arrivait. Cécile se précipite en bas, prévient Emma : « M. de Chevigny sera là d'une minute à l'autre, vous le faites monter. » Cécile ne s'était pas changée, ne s'était pas lavée. Elle court dans la salle de bains d'Olivier, se passe de l'eau sur le visage, se brosse les cheveux, puis dans sa chambre, enfile un pantalon, pas celui-là, un pantalon plus large, attache une ceinture de cuir sur une chemise de crêpe vert qui monte jusqu'au-dessous du menton, manches bouffantes, poignets pris, d'autres chaussures.

Elle veut que François participe. C'est si drôle de voir après tant d'années ce qu'il pensait, ce qu'il se disait. Cécile est attendrie. Elle se sourit dans la glace. Elle sait que François va se reconnaître. Dans ces cahiers il y a plus qu'un enfant, il y a l'enfance. On sonne. Cécile descend, ouvre la porte : François. Elle l'embrasse tendrement, elle ne s'attarde pas. Ils montent chez Olivier. A genoux par terre, ils dévorent. Ils exhument Olivier. Dans un cahier, à peine commencé, des mots les uns sous les autres.

Asphodèle
Galaxie
Bleu marine
Octobre
Anticonstitutionnellement
Ut
Sabre
Inadvertance

Mais avant tout, le petit carnet de moleskine noire. Sur la couverture, des cachets de cire. Une cire rouge marquée par une pièce de dix centimes. Cécile déchiffre, à l'envers dans la cire : Republica de Columbia. Les pages sont barrées d'un trait fin.

Mercredi 2 mars

Papa et maman qui sont partis deux jours à Milan pour affaires sont revenus hier soir. Puisque je n'avais pas classe de la matinée je suis allé à Gerson vers 11 heures. Ce matin, il pleut c'est pourquoi j'en ai profité pour ranger mes affaires. Ranger ma correspondance et étudier mon piano pour demain car Mme Mesnard notre professeur de piano vient à la maison. Puis avant d'aller à Gerson je suis allé vendre chez « Le Bonheur des Philaté-

listes » 100 francs de timbres. Bagatelle. Arrivant à Gerson je m'occupe de Mon Carnet des pauvres, je suis responsable dans la 5e lycée pour conduire des élèves visiter une gentille petite vieille se nommant Burrus. Je suis fier d'assumer cette tâche car je l'aime bien cette personne, elle nous choie comme ses propres petits-enfants. On va la visiter tous les vendredis, au lieu d'aller au bois, de 1 h 5 à 2 h 10. Aussi M. l'abbé de Saint-Pierre que je déteste, pour me faciliter la tâche a nommé Plutarque 2e responsable. Ainsi, après avoir fait une liste pour chaque garçon je les fais signer par l'abbé de Saint-Pierre qui est très fier de marquer son nom sur mes tickets car il aime son nom. Pourtant, il n'y a pas de quoi se vanter. Voici les listes pour vendredi prochain :

Salvy

2 kg de pommes de terre
1 livre de carottes
Du jambon
De la salade
250 g de beurre

Du chocolat
Du café
Du sucre.

Fauvet

Des lentilles
Des petits pois
De la confiture
Des pâtes
Des petits gâteaux
Des pommes
Des fleurs
Des sardines

François regarde Cécile. Cécile regarde François. Ils ne savent pas quelle contenance prendre. Ils prennent le parti de rire. Ça les libère. Ils continuent.

A moitié endormi je passe vaille que vaille le cours d'anglais, exténué de fatigue j'invente un prétexte pour sortir. Ensuite, cours d'instruction civique, ce fut la joie de ma journée. On n'arrêtait pas de rire. C'était formidable. Je taquinais un camarade qui essayait de convaincre son voisin qu'il jouait au piano une sonate de Beethoven, ce qui n'était pas impossible à ce petit bout de chou, appelé Tom Pouce, qui avait une oreille pour la musique formidable et qui jouait du piano depuis cinq ans. Moi, cela fait trois ans que j'en fais et je joue la valse brillante en la *mineur de Chopin.*

Cécile interrompt Olivier. Elle pose le carnet sur ses genoux. Elle demande à François :

— Pourquoi t'es-tu arrêté de jouer du piano ?

— Je n'ai plus le temps, maintenant.

— Tu devrais reprendre.

— Oui, Olivier a raison d'aimer le piano, c'est un instrument extraordinaire. Les valses de Chopin ? Ce n'est pas facile. Voltaire disait que le piano était un instrument de chaudronnier en comparaison du clavecin.

Cécile tourne quelques pages. Elle trouve une lettre qu'il lui avait écrite. Elle se rapproche de François. Elle lit à haute voix :

« J'ai entendu les parents parler et ils disaient qu'on pourrait peut-être nous envoyer en pension si on continuait à s'entraîner mutuellement à faire des bêtises. Comme on n'a pas intérêt à être séparés, tenons-nous à carreau pendant un petit moment. »

Cécile dit :

— Oui, il avait été question qu'on nous mette en pension. Nos parents pensaient que nous nous entraînions à ne rien faire et qu'il fallait nous séparer. Olivier m'avait dit que si on le forçait à aller en pension, il s'évaderait. Il m'avait demandé de jurer de faire la même chose et de venir le retrouver. L'idée d'être enfermé l'avait même rendu malade pendant quelques jours.

François répond :

— Il avait raison, c'est franchement abominable.

Cécile rit, François aussi. Il n'a pas de mal à rire. Cécile referme le carnet. De sa main elle le fait passer dans celle de François. Il lui dit :

— C'est un véritable trésor.

Cécile fouille à nouveau dans le tiroir.

Beaucoup de lettres, et des billets de sortie, des bulletins de retenue. Elle lit au hasard quelques motifs : « Bavardage en étude », « Renverse des chaises dans la chapelle alors que la lumière n'est pas allumée », « Désobéissances multiples en étude et en récréation ». Cécile se moque de l'abbé de Saint-Pierre, mais en même temps elle lui en veut d'avoir gâché une partie de l'enfance de son frère.

Entourées d'un élastique, des cartes avec sa photographie à différentes époques. Des cartes d'identité scolaire, des billets d'appel, des cartes de membre. Il était membre de la Ligue maritime et d'outre-mer, membre honoraire d'une fanfare. Pourquoi pas ?

— Et pourquoi ne m'a-t-il pas fait devenir membre de la Ligue maritime et d'outre-mer ? demanda Cécile, soudain frustrée. Et de la fanfare ?

— Ce sont des affaires d'homme ! répondit François, péremptoire, pour excuser Olivier.

François explique :

— Moi aussi j'ai toujours aimé les clubs. Faire partie d'un clan, d'un groupe. Même si on ne vous demande rien. On est pris dans une communauté. On a une carte. On est membre.

C'était bien l'avis d'Olivier.

Cécile continue ses investigations. Au fond du tiroir, un cahier bleu, format écolier. Elle l'ouvre :

Mercredi 2 mars

Papa et maman qui sont partis deux jours à Milan...

Elle feuillette. Elle reprend le petit carnet de moleskine noire. Il avait recopié au propre. Dans le petit carnet, c'était la rédaction immédiate. Elle regarde ce qu'il n'a pas copié. Peu de choses. Un brouillon de lettre, un plan de la cave de son lycée et quelques notes furtives.

Mercredi 9 mars

Mort de la sœur de l'abbé Gondal, je ne la connaissais pas, mais j'ai de la peine.

Lundi 7 mars

La colle de l'abbé, je ne sais pas comment annoncer la nouvelle. J'ai téléphoné à maman pour lui dire qu'il y avait une mauvaise nouvelle. Je sors tard de l'étude. J'en ai assez de tout cela... Je n'en peux plus... Fuite éperdue, devoir copié à la dernière minute. Carnet de notes 10,37.

François va rechercher le journal. Il a envie d'en savoir davantage. Du regard il demande la permission à Cécile. Comment pourrait-elle refuser ? Il lui a dit : « C'est quelqu'un qui me plaît, ton frère ! Lisons encore quelques pages. » Il prend sa respiration, elle sent son haleine.

Samedi 12 mars

Cet après-midi, on a eu « latin » et ce ne fut pas sans mal que j'ai reçu ma note de composition de thème qui s'élevait à 3 sur 20. J'eus un fou rire quand on m'annonça ma note. Comme si ce que l'on venait de me dire était très drôle.

Cécile arrête François :

— Oui, les bonnes notes ou les mauvaises notes, cela lui était complètement égal. On ne pouvait rien pour le forcer à travailler.

En réalité, je riais d'un rire nerveux qui s'apaisa tout de suite quand je reçus un message de Marielle Falco : « Quand on a 3 en composition, on ne fait pas le fanfaron. » Elle ne devait pas avoir plus que moi, mais elle était contente de m'embêter. Alors moi, quand je suis arrivé à Gerson, pour embêter l'abbé de Saint-Pierre, je suis allé me confesser à un autre abbé.

Lundi 14 mars

Saint-Pierre m'appelle et me dit que je ne dois plus fréquenter toujours les mêmes. Je lui ai expliqué que je voyais ceux qui avaient les mêmes idées que moi : des milliers de raisons. L'abbé ne les comprit pas, il les comprit, oui, mais il ne les comprit pas. Enfin je lui ai dit que la vie n'était pas drôle car dans cette école on est toujours puni. L'abbé m'a répondu : « Tu es le seul à t'en plaindre. Si tout le monde était comme toi, et bla bla bla et bla bla bla » et je te sermonne et je te sermonne !

Mercredi 16 mars

Pour illustrer mon cahier d'Histoire, j'ai

demandé à maman si je pouvais aller acheter des documents. « Combien ça coûte ? — Environ 100 francs... oui, peut-être même plus... je ne peux pas te dire. — Bon ! vas-y et ne reviens pas trop tard. »

Je fis tous les libraires du coin, aucun n'eut ce que je voulais. J'arrivai chez Monsieur Saint, libraire convenable :

— Monsieur, s'il vous plaît, je voudrais des documents sur Rome au temps de César et sur l'Afrique.

— Attendez ! Monsieur, je vais vous chercher cela !

Malheureusement le téléphone sonna, et il dut s'empresser de répondre. Juste à ce moment arriva une jeune fille qui paraissait âgée de quatorze ans, elle avait le visage un peu rond, le corps peu élancé, et nous trépignâmes en cœur jusqu'à ce que le libraire eût raccroché ! Servi le premier, j'avertis la jeune fille que j'allais l'attendre à la porte. Elle s'appelait Christine.

François s'interrompit et demanda en minaudant : « Je peux continuer ou bien je suis indiscret ? » Cécile ne répondit pas, elle s'approcha encore plus près, prit le cahier dans ses mains, et sans s'écarter de François, elle continua :

Après que nous eûmes échangé quelques phrases, nous nous sentîmes tellement attirés l'un vers l'autre, qu'elle me raccompagna jusqu'à la maison.

— Avant de se quitter, on pourrait quand même se donner mutuellement l'adresse !

Je fus surpris que cette jeune fille était à ce point... de moi.

— Pour téléphoner, tu téléphoneras de la part d'Adrienne Mesurat, c'est ma cousine.

— Bon, d'accord. Moi, je file à la maison et je demanderai à la bonne de garder mon courrier.

— Salut !

— Salut ! Écris-moi, n'oublie pas.

Vendredi 18 mars

Une lettre ! C'est une lettre d'elle ! J'en étais sûr, je ne reçois jamais de lettre. Sur l'enveloppe un tampon rectangulaire a imprimé : « Aidez l'année des réfugiés. » Mais comment les aider ? Peu importe. Sa *lettre. « Comme c'est curieux cette rencontre ! Il faut qu'on se connaisse mieux. Je vais te donner quelques détails sur moi-même : J'ai quatorze ans, je suis en 3e classique à Sainte-Marie, pour le boulot, ça colle pas mal, c'est-à-dire qu'en général, je suis dans les 15e sur 40. Mes principales occupations sont d'abord : le chahut (je suis très forte) et le tennis (j'en fais même à Paris). Physiquement, tu me connais, je ne casse rien. Je suis catholique et pratiquante, mais ça ne m'empêche pas de faire un bon nombre de blagues. L'hiver, je vais faire du ski, j'ai 3 étoiles (je me demande comment j'ai fait pour les avoir). Je pense qu'on se verra lundi, je vais chercher à 7 heures un livre chez le même libraire où l'on s'est rencontré : on s'échangera nos emplois du temps. J'ai une sœur de seize ans et un frère de dix-huit, enfin je te raconterai tout ça à notre prochaine rencontre. Il faut absolument que je te quitte, j'ai encore 73 vers d'*Iphigénie *à apprendre pour lundi. Bye Bye et à bientôt. Christine. »*

Après avoir lu cette lettre je ne pouvais me retenir de rire, j'avais rencontré quelqu'un de vraiment formidable !

— Quelqu'un de formidable ? reprit Cécile, c'était une imbécile ! Et si tu savais comme elle était laide ! Du reste, il ne l'a jamais revue. Ah si ! une fois, mais c'était par hasard car le rendez-vous qu'elle lui avait donné, il n'y était pas allé. Vous voyez, voilà un des bons côtés d'Olivier, sa spontanéité, mais il n'en faisait pas toujours bon usage. Cependant, après, il rectifiait.

— C'est comme moi, répondit François, je m'emballe, et souvent je regrette....

— Oh lui, dans le cas de cette fille, il n'a rien eu à regretter, il l'a complètement oubliée.

Dans une enveloppe il y a d'autres lettres. Celles-ci sont illisibles, elles sont écrites en code. Dans une plus petite enveloppe, la clé du code, un code très compliqué. Pour brouiller les pistes il y a plusieurs signes pour une même lettre. François dit :

— C'est un travail de Romain ! Si jeune. Avoir tant à dire ! Mais c'est normal, moi je...

Cette fois-ci, Cécile lui passe la main sur la figure. Elle achève le geste de la veille à la Closerie des lilas. Elle lui prend le menton.

Il s'approche d'elle et l'embrasse. Par terre, devant eux, les papiers d'Olivier.

Cécile ne se détache pas de François. Elle a fermé les yeux. « Mort de la sœur de l'abbé Gondal, je ne la connaissais pas, mais j'ai de la peine. » François retire sa bouche de quelques centimètres, il lui dit : « Vos parents ne sont pas à Milan... Il faut faire attention. » Elle lui répond : « Ils ne viennent jamais ici. » Il l'embrasse à nouveau.

Sur le lit d'Olivier, François n'est pas déçu par Cécile. Tant d'ardeur ! Il la déshabille, il se déshabille ensuite. François est lent. Il a l'habitude de. Il se retient, il profite. Il en profite pour lui faire sentir qu'il l'aime. Elle se détache de lui un instant. Elle le regarde. Elle se jette à nouveau contre François. Il pense un instant à Olivier. Son personnage lui plaît.

François déjeune et dîne tous les jours chez les Lasserre. Il est assis à la droite de Madame

Lasserre, en face de Cécile. Réservé, il ne semble pas profiter de l'emprise qu'il a sur Cécile. Parfois, quand il le faut, il la contredit, ou il se tait. Les Lasserre apprécient. François se surveille. Il sait qu'on le guette. Mais grâce à lui, Cécile parle comme avant, rit comme avant. Madame Blanche a fait remarquer à Madame Lasserre que François avait métamorphosé Cécile.

François a réfléchi. Cela fait un mois qu'il vit avec les Lasserre. Avec Cécile. « Je l'aime, mais elle ne m'aime pas. Et encore, est-ce que je l'aime ? Elle aime Olivier. Quand elle se donne, elle se donne un peu à moi, mais elle se donne surtout à lui. Elle me parle sans cesse de lui. De lui comme si c'était moi. Cécile... Est-ce que je l'aime vraiment ? Et suis-je seulement capable d'aimer ? J'ai trop peur de la vie pour aimer quelqu'un d'autre que moi. Et vivre seul, je ne peux pas. J'aime Cécile à cause d'elle, d'abord. Bien qu'il y en ait mille comme elle, encore que les autres soient moins compliquées, moins difficiles. Mais il y a tout autour de Cécile une vie que j'aime. Sa voiture, la maison de Neuilly, ses objets, son argent. Et ils ont de l'argent comme on doit en avoir : ils n'y font pas attention. Cécile me dit de vivre à Neuilly. Lasserre m'a proposé de travailler avec lui. Je ne sais pas. Ils veulent que je sois là. »

François se demande s'il ne vaut pas mieux les faire attendre.

Mais si Cécile rencontre quelqu'un d'autre ? François avait remarqué qu'autrefois, quand il jouait au tennis avec un adversaire un peu moins fort que lui et qu'il faisait exprès de perdre au début pour gagner plus spectaculairement ensuite, le hasard souvent l'empêchait de rattraper son retard, et c'était lui qui perdait. Alors, pourquoi prendre ce risque avec les Lasserre ? Pourquoi perdre du temps ? « Et puis la situation est amusante. Ils m'aimeront comme ils ont aimé Olivier, ou plutôt comme ils auraient dû l'aimer... Sinon, quoi d'autre ? Qui d'autre ? » François pense que dans la vie chacun doit jouer un rôle : alors pourquoi pas celui-là ? D'autant plus qu'il ressemble vraiment à Olivier. François ne fera pas attendre les Lasserre. Donner l'illusion qu'il a le choix serait cruel et faux. On ne rencontre pas tous les jours un mort qui vous va. Et plus tard ? Plus tard, s'il ne prend pas la place d'Olivier, s'il renonce aux Lasserre, qu'aura-t-il ? Alors ?

Alors ? Il dira oui à Cécile, oui à Monsieur Lasserre, il habitera Neuilly, il épousera Cécile. Monsieur et Madame de Chevigny, ce n'est pas rien non plus. Quand les parents Lasserre seront morts, il aura pour lui la maison de Neuilly Saint-James et le petit jardin. Et peut-être qu'à ce moment-là l'imprimerie Lasserre portera son nom, à lui. Alors...

Ils s'étaient mariés. Après la cérémonie, on ne recevait pas. François n'avait pas de famille. Les Blanche avaient servi de témoins. Les Lasserre étaient soulagés. Cécile et François continueraient d'habiter Neuilly.

VIII

Cécile voulait François comme Olivier, tout de suite. Elle avait été malheureuse pendant si longtemps. Elle désirait qu'il soit comme il était. Elle avait retrouvé Olivier. Elle le prenait par la main, le soir elle lui racontait des histoires. François ne comprenait pas son entrain. Le mariage avait transformé Cécile. Il avait aimé une jeune fille secrète, pudique, réservée, romantique, il se trouvait dès le lendemain de ses noces aux prises avec une femme décidée et provocante. Maintenant, elle avait son idée sur tout. Il avait calculé qu'il l'aimerait, il l'aimait.

Le soir, François s'approchait d'elle, Cécile s'accrochait à son cou. « Tu veux du champagne ? » Il ne buvait pas. « Tu ne veux pas de champagne ? mais on ira casser les bouteilles, on s'arrosera au champagne, tu te déshabilleras et je t'aspergerai de champagne ? » François, médusé, reculait. C'était bien Cécile qui lui parlait, Cécile, sa femme. Il l'aimait ! puisque ainsi il avait décidé.

Mais Cécile ne retrouvait pas Olivier, ce n'était pas le même, pas la même peau, pas les mêmes réactions, pas les mêmes nuits, pas le même être. Pourtant, c'était un peu Olivier. « Qui est là ? Qui est là avec sa grande sœur ? Qui est-ce qui lui fait un gros baiser ? » François était agacé, mais sa femme avait du charme.

Le matin, il lisait des livres sur l'art graphique, des rapports que lui avait prêtés son beau-père. Cécile ne cessait de le déranger. Elle sautait sur son lit, elle ouvrait la fenêtre, elle écoutait la radio. Il l'embrassait. Elle fermait la radio, la fenêtre et les volets, elle rentrait dans son lit. Il l'aimait et là, tout d'un coup, surgissait Olivier.

Cela dura un certain temps, mais vite François se lassa. Et Cécile s'agaçait. Parfois elle était si heureuse... mais toujours quelque chose manquait, un détail, un sourire, un geste, un silence. A ces moments-là, quand elle croyait que quelque chose n'allait pas, son attitude changeait et elle s'apercevait qu'elle n'avait aucune influence sur François, que dehors il faisait beau, qu'il ne s'intéressait pas qu'à elle. Et dans sa tête elle mâchait et remâchait. Cela n'allait pas. Elle faisait un effort pour surmonter son désappointement, elle le charmait à nouveau, mais quel épuisement d'avoir à le conquérir chaque jour !

La vie plate.

Heureusement, François s'entendait bien avec Monsieur Lasserre. Le matin, ils partaient ensemble au bureau. A midi, ils rentraient ensemble, déjeunaient, et repartaient comme ils étaient venus.

Le soir, Cécile attendait. Elle lui préparait « des surprises ».

— Devine qui vient dîner ?

— Madame Blanche ?

— Non ! Personne. Ce soir on va au concert.

Ils allaient au concert, mais François n'aimait pas la musique. Le lendemain matin, Cécile lui demandait :

— Tu m'appelleras dans la matinée ?

— Oui.

— Tu me promets ?

— Oui.

— Hier, tu me l'avais promis et tu ne m'as pas appelée.

— J'avais eu une journée chargée.

— Tu n'es pas obligé de travailler tant.

L'imprimerie intéressait beaucoup François. Monsieur Lasserre lui avait ménagé un bureau attenant au sien. Il l'avait présenté comme son adjoint : « C'est mon gendre. » Mais le soir, Cécile l'attendait toujours.

Personne n'avait jamais attendu François. Autrefois, quand il arrivait, c'était la surprise, et il repartait quand il voulait. Libre ! Là, ce n'était pas pareil. Cécile le prenait dans ses bras et ne le lâchait que le lendemain. Il aimait le corps de Cécile mais il n'en avait pas toujours envie.

Pour distraire François, les concerts, le théâtre, le cinéma ne suffisaient pas. Il souhaitait voir d'autres visages que toujours celui de Cécile qui lui demandait de lui écrire, de lui téléphoner, de lui dire. En plus, elle parlait toujours d'Olivier. Cela commençait à suffire. Au début il les avait aimés tous les deux. Cécile et Olivier, comme une seule personne. Ils avaient partagé la même adolescence et François avait toujours été seul. Alors il avait imaginé derrière leur entente une richesse, une intensité qu'il n'avait jamais pu rencontrer. Il avait projeté ses propres rêves d'adolescent sur Cécile. Il avait cru qu'il pourrait s'intégrer, partager. François avait rêvé. Tout compte fait, il s'aimait beaucoup plus qu'Olivier.

Cécile, elle, crut à l'indifférence de François. Elle voulut l'intéresser. Elle inventa pour lui mille excentricités. Un jour d'hiver passant au bord de la Seine, elle lui demanda de s'arrêter, elle défit ses chaussures, elle marcha jusqu'à la berge, s'assit sur le bord de l'eau et y trempa ses pieds jusqu'aux genoux. Parfois, aussi, dans la rue, elle arrêtait les passants. Elle leur parlait. Ou bien elle sonnait aux portes. Elle regardait François. Elle éclatait de rire. Elle jouait. Lui, cela ne l'amusait pas du tout. Alors, elle était triste mais il ne s'en apercevait pas toujours.

Cécile avait l'impression d'avoir accumulé les ruines. François l'avait déçue. Elle se sentait perdue. Il n'y avait pas d'issue possible avec lui. Olivier, elle ne pouvait pas le revivre avec François, ni avec personne d'autre. Personne n'en voulait, d'Olivier. Et elle-même, en aurait-elle voulu toute sa vie ? Quand elle l'avait aimé, l'avait-elle vraiment aimé ? N'était-ce pas un jeu ? Si Olivier avait continué de vivre, elle aurait pensé à un autre garçon, ou à autre chose. Mais elle ne serait pas restée dans l'ombre de son frère toute sa vie. Si elle avait pu supposer qu'il réagirait ainsi, elle n'aurait jamais inventé de l'aimer. Ils avaient partagé tous les deux tant d'histoires, qu'une de plus ou de moins ! Pourquoi avait-il flanché ? Si vite ? Une semaine, un mois après, il aurait pu y repenser. Et si alors, il avait eu encore peur de lui-même, eh bien, il n'aurait pas recommencé, et s'il n'avait plus peur...

Olivier avait trop vite imaginé l'avenir. Il

avait voulu comprendre. Et d'emblée, il avait aperçu toutes les difficultés qui accompagneraient la réalisation de son rêve. Il savait que les vacances s'achèveraient, et son adolescence aussi. Tout cela ne durerait pas. Il ne voulait pas espérer, entreprendre. Pourtant... il aurait peut-être rencontré d'autres filles. Ce n'est pas forcément elle qui aurait lâché la première. Et pourquoi ne s'était-il pas laissé porter par les événements, par le temps ? Peut-être que tout se serait passé autrement. Peut-être qu'encore maintenant ils s'aimeraient, vivraient ensemble, n'auraient pas besoin de se cacher. Ce n'est pas rare un frère qui s'entend bien avec sa sœur. Ce n'est pas rare ! Alors ? Alors pourquoi cette panique ?

D'abord, il aurait dû lui en parler. Calmement. Elle lui aurait expliqué. Chez les Byron, cela se faisait ! et chez les pharaons ! Il avait pleuré, hurlé. Elle aurait dû comprendre. Elle n'aurait pas dû le quitter. Elle aurait dû...

Cécile regrettait, elle n'avait rien fait. Il n'en était pas à sa première aventure. Pendant toute une semaine il l'avait aimée, sans histoire. Une semaine, il avait dormi avec elle. Il avait fait l'amour comme il avait voulu. Il disait qu'il était heureux, qu'il n'avait jamais été aussi heureux...

Cette mort... Cette mort inutile... elle avait figé leur aventure, elle avait transformé leur amusement en tragédie. Cette mort avait réduit la vie de Cécile à n'être plus que le prolongement factice de leur erreur.

Car Olivier mort, il avait bien fallu le remplacer. Il s'était trouvé François. Elle l'avait forcé à lui ressembler. Il s'était laissé faire, elle lui avait plu, et il est vrai qu'il avait un petit quelque chose d'Olivier. La voix, les gestes et peut-être même le bas du visage. Oui, mais la vraie nature de François avait repris le dessus. On ne pouvait rien y changer, ce n'était pas Olivier. Et si même il l'avait été...

François, lui, ne se serait pas tué. Son indifférence... Il s'en serait sorti. Il tenait à triompher, ce n'était pas un faible. Non, François s'aimait trop pour prendre le rôle d'un autre. Elle ne pouvait pas lutter contre son indifférence. Devrait-elle même essayer ?

Voilà. Le piège s'était refermé sur elle. Olivier ou François. Elle avait voulu continuer Olivier par François, et elle avait perdu

Olivier et François. Il fallait bien tout de même en sortir, mais ce n'était pas facile. Un mort qui ne vous quitte pas, un vivant qui vous fuit. Elle ne savait pas. Elle ne voulait plus savoir. Elle ne pouvait pas.

Pour n'avoir pas à choisir, elle composerait. Elle ruserait. Peut-être...

[illegible]

[illegible] qui [illegible]. Un mot qu'il ne [illegible] pas, [illegible] qu'une volonté. Elle n'en savait pas. Elle ne voulait plus savoir. Elle répondrait pas.

Pour n'avoir pas à choisir, elle composerait, elle guérirait le [illegible].

IX

Depuis quelques jours, Cécile avait de nouveau le droit de rêver. François prenait soin d'elle. Cécile lisait. François, maintenant, n'avait plus besoin d'un livre pour s'échapper.

Un jour, elle dit :

— J'aimerais aller à Ville-d'Avray, il paraît qu'il y a une foire en ce moment. J'y étais allée, une fois, avec Olivier.

Ils allèrent à Ville-d'Avray. Cécile, assise à côté de François, lui dit :

— Olivier aimait les foires, le cirque, il restait des heures à regarder les forains. Moi, j'en ai peur.

François lui prit la main, la serra. Ils arrivaient à Ville-d'Avray.

François a envie de se perdre avec Cécile chez les gitans. Olivier aimait les foires. C'est vrai, c'est beau une foire. La grande roue, le train fantôme, les autos tamponneuses, la barbe à papa, les nains buveurs d'eau, les poissons rouges géants, les gros bras, les manèges, la musique. François dit soudain à Cécile :

— Ici, je vois très bien Olivier. Je vois son allure, sa démarche. J'entends sa voix. Cécile, comme je t'aime. Cécile, pourquoi ris-tu ?

Une balançoire. Cécile et François s'installent chacun dans un wagonnet. L'employé sourit, il n'a pas l'habitude de clients aussi âgés. Alternativement, il pousse les wagonnets. Et Cécile monte quand François descend. Voilà François ! Et François monte quand Cécile descend. Ils ne se croisent qu'en bas, et le manège recommence.

« C'est un métier qui se perd de balancer les gens », dit le monsieur à François. François emporte la phrase avec lui. « C'est un métier qui se perd. » François croise Cécile en bas, mais si c'était Olivier ? Olivier à la place de Cécile. Olivier qui se balancerait ici, Olivier qui se laisserait bercer par ce monsieur qu'il ne connaît pas, par ce monsieur dont le métier se perd... François imagine.

Mais n'a-t-il pas pensé à Olivier depuis qu'il la connaît ? Cécile ou Olivier ? Le monsieur renvoie François plus violemment, François monte plus haut, plus vite. Cécile ou Olivier ? Cécile, Olivier. François a le vertige. Il demande au monsieur de le pousser encore plus fort. Cécile crie : « Attention ! Tu vas faire le tour. » Cécile ou Olivier ?

François, pantelant, a quitté son petit wagonnet. Il donne le bras à Cécile. Il ferme les yeux. Elle le guide comme un aveugle. Ils vont rentrer. Cécile conduira.

François ne dit rien. Pour Cécile, il avait mis les vêtements d'Olivier. Il n'aurait jamais dû, mais elle le lui avait demandé. Il s'était coiffé comme lui. C'était autre chose qu'un déguisement. Un instant, il y avait cru.

Mais maintenant François semblait ne rien attendre de Cécile. Il aimait son confort. Quand il dînait avec elle et qu'ils restaient tous les deux il prenait un journal. Elle disait :

— Tu sais ce que j'ai vu aujourd'hui ? Je me suis promenée sur les quais, il y avait un oiseau qui parlait. Il répétait tout. Je disais François ! Il disait François. Quel drôle d'oiseau ! Mais je ne l'ai pas acheté. Il aurait été malheureux. Tu ne parles jamais.

François n'avait pas entendu. Elle répétait son histoire. François lui souriait. Elle allait vers lui. Elle l'embrassait. Lui, il savait ce qu'elle voulait.

Et un jour, elle lui demanda de lui écrire.

— Tous les soirs j'aurai une lettre de toi. Un souvenir...

— Un souvenir ? Mais pourquoi ?

— Tu ne fais jamais ce que je veux. Je ne peux donc rien te demander ?

— Mais pas des choses aussi stupides. Nous sommes toujours ensemble.

— On ne sait pas ce qui peut arriver, dit Cécile.

— On ne sait pas, reprit François. Je peux me noyer en sortant d'ici.

Cécile ne répondit pas. Elle le regarda et

quitta la pièce. François reprit son journal. Elle reviendra bien. Elle reparut.

— Je me suis trompée.

Elle lui demanda de s'excuser et de l'aimer. François haussa les épaules.

— Cécile, calme-toi !

— Je sors. Ne m'attends pas, je ne serai peut-être pas là demain.

Au Bar Américain, on lui offrit une place dans l'entrée. Elle n'y resta pas. Elle passa dans la grande salle. Une musique plus forte, plus de fumée encore, et plus de gens. Juchée sur un tabouret, elle pensa qu'il ne viendrait pas la chercher. Comment la retrouverait-il ? Elle ne pouvait pas non plus rentrer à Neuilly comme ça. Que dire ? Avoir de l'humour ! Mais ce n'était pas si facile. Elle était furieuse. Furieuse contre elle.

Dans la cabine téléphonique de l'entrée, elle s'est enfermée.

— Alors, je t'attends.

— Mais où es-tu ?
— Au Dôme.
— Que fais-tu ?
— Je t'appelle. Tu viens ?
— Oui, mais je suis déshabillé !
— Et qu'est-ce que tu aurais fait si je ne t'avais pas appelé ?
— Que voulais-tu que je fasse ? Je me serais couché.
— Sans moi ?
— Tu serais venue me rejoindre.
— Je t'attends.

Cécile a vu François. Elle se lève.
— J'étais avec un ami d'Olivier. Il ne savait pas que j'étais mariée. Il m'a dit que cela lui faisait une drôle d'impression. Je lui ai répondu : « Moi aussi, cela me fait une drôle d'impression. »
Il s'appelait Sébastien et portait les cheveux très longs. François lui parla longuement. Cécile rentra à Neuilly avant son mari.
Elle était rassurée : il était venu la chercher. Il parlait avec Sébastien, elle pouvait bien le laisser. Elle tombait de fatigue.

A Neuilly, François ne retrouva Cécile que le lendemain matin et elle lui dit :

— Quand tu sors avec moi, tu ne rentres jamais si tard... Peut-être veux-tu dorénavant sortir tout seul ?

— Mais c'est toi qui m'as demandé de venir.

Pendant que François se préparait, Cécile alla trouver son père :

— François est fatigué, il ne pourra pas travailler aujourd'hui.

Lasserre embrassa sa fille et partit tout seul pour son bureau.

François, sortant de la salle de bains, vit Cécile qui souriait.

— Tu es fatigué. Tu as la grippe. Je l'ai dit à mon père. On va rester tous les deux et on ira dans les magasins.

— Je me porte très bien, et je n'ai rien à faire dans les magasins.

— J'ai des choses à acheter.

Cécile enlace François qui se dégage.

— Je n'ai pas du tout envie de rester avec toi toute la journée. J'irai au bureau.

A la porte il croisa Madame Blanche. Ils s'embrassèrent. Madame Blanche lui glissa à l'oreille :

— Vous voyez que j'avais bien raison : vous êtes faits l'un pour l'autre. Et quelle jolie situation vous avez maintenant !

Monsieur Lasserre regarda son gendre. Il était venu bien qu'il fût souffrant. François dit à Lasserre :

— Je ne sais pas ce que Cécile a en ce moment, mais elle est difficile. Elle fait des caprices.

Lasserre qui n'avait jamais entendu son gendre se plaindre, et qui ne se plaignait jamais lui-même, lui répondit :

— On croit la connaître, mais on ne la connaît jamais.

Madame Blanche connaissait bien Cécile. Elle n'avait pas le poignet souple. Quand elle attaquait, elle attaquait trop durement. Et elle ne faisait jamais ses exercices. Ses progrès s'en ressentaient. « Ce n'est pas le tout d'avoir un bon piano et un professeur patient. »

L'élève, elle, n'était pas patiente ce jour-là. Cécile ferma le piano brusquement, regarda Madame Blanche et dit :

— J'aime mieux jouer avec mon mari qu'avec cet instrument. Pas vous, Madame Blanche ?

Madame Blanche s'en alla.

Cécile se prépara pour le déjeuner. Ce soir elle retournerait au Dôme. Elle voulait savoir. De quoi Sébastien avait-il bien pu parler avec François ? Sébastien ! Il avait connu Olivier. Pourquoi François lui avait-il parlé si longtemps ? Il n'avait rien à lui dire !

Avec elle, François ne parlait jamais autant, ou si rarement. En revanche, au téléphone il savait être bavard. Au début, c'est fou ce qu'ils avaient pu se dire. Et maintenant... Comme s'ils avaient tout épuisé. François avait changé. Il avait l'air agacé quand elle parlait d'Olivier. Dans le temps, il l'aimait bien.

Neuilly l'avait transformé. Il avait perdu son enfance en devenant un mari. Quand elle lui demandait de redire une phrase, de lui faire une imitation, il lui répondait : « Tout ça, ce sont des jeux. »

Oui, c'étaient des jeux. Des jeux auxquels ils avaient joué. Pourquoi tout à coup abandonnait-il la partie ? N'y avait-il pas éprouvé du plaisir ? Il n'avait pas besoin de travailler tant. On avait bien dit qu'il ne devait s'intéresser à l'affaire que de loin, et garder beaucoup de temps pour Cécile, pour leur vie à tous les deux.

Le travail était devenu nécessaire à François. Il se sentait important maintenant. Il mesurait ses progrès. Avec Lasserre, François apprenait un métier. Lasserre n'était pas ennuyeux dans son travail. Rapide, il savait changer d'avis. Il aimait la contradiction que lui apportait François. Bien sûr, les services que pouvait rendre François étaient limités. On ne pouvait encore lui donner aucune responsabilité. Mais il était autrement précieux.

Une complicité s'était établie entre eux. François avait joué la carte de la confiance. Il avait rajeuni Lasserre : un garçon de vingt-cinq ans lui demandait des conseils. Par l'intermédiaire de François, Lasserre gagnait en importance au sein de sa propre famille. Lui, Lasserre, que l'on ne venait jamais trouver que pour des problèmes matériels, il pouvait maintenant guider. Le vide de sa vie était devenu une expérience. Lasserre était fier :

— Je serai toujours là pour vous aider.

Vous pouvez me parler de tout. Je peux tout comprendre.

François, ému, lui avait répondu :

— Je le sais depuis le premier jour.

— François, je vous ai accepté immédiatement. Vous aimiez ma fille d'un amour si vrai ! Je l'ai vu tout de suite. Je suis très attaché à Cécile, mais même sans elle, je vous aurais aimé. Cécile avait besoin de vous, elle a tellement souffert. Ce que nous avons vécu... Si vous aviez connu mon fils, vous l'auriez adoré. C'était un poète. Il croyait que la vie était un rêve. Il n'aurait peut-être pas su s'acclimater. C'est peut-être mieux ainsi.

Monsieur Lasserre n'évoquait jamais son fils. La vie, la mort d'Olivier, c'était une histoire qu'il gardait pour lui. Mais maintenant, elle appartenait aussi à François.

A table, Monsieur Lasserre gardait le silence. François et lui s'étaient déjà tout dit dans leur bureau, et plus encore que ne le soupçonnait Cécile. Pourtant, elle se sentait cernée.

Elle avait dit à François, un soir avant de se coucher :

— Tu es passé à l'ennemi, tu parles à papa

de ce qu'on fait, de ce qu'on dit. Il sait tout de notre vie. Tout ce que tu penses. Il en sait même plus que moi. Olivier ne m'aurait jamais trahie.

François ne s'était pas défendu. Le lendemain, au bureau, il avait tout répété à Monsieur Lasserre qui lui avait dit :

— Son frère, mais elle le rendait fou. S'il n'est jamais venu se confier, c'est à cause d'elle. Je ne lui en veux pas, je ne lui en ai jamais voulu. Elle n'est pas responsable.

François lui répondit :

— Elle est persuadée que je la persécute.

Monsieur Lasserre avait pris parti. Maintenant, il fallait préserver François.

— Ne vous gâchez pas la vie. Ma fille est comme elle est, faites ce que vous pouvez, mais n'allez pas plus loin. Vous n'êtes pas un surhomme. Elle vous tuera par tout ce qu'elle vous dit sans cesse.

— Maintenant, elle ne supporte plus que je lui parle de vous. De mon travail.

— Je sais.

— Ou soudain, elle me pose question sur question à propos de l'imprimerie. Elle me demande de lui montrer le catalogue. Elle m'a dit qu'elle voudrait travailler. Mais sincèrement je ne l'en crois pas capable.

— Moi non plus.

— Alors que faire ? Cette semaine elle n'a pas prononcé une seule fois le nom d'Olivier. Elle n'a pas voulu que j'en parle non plus. Je me suis dit que c'était une résolution qu'elle avait prise. Que c'était mieux ainsi. Mais pas du tout. Elle m'a fait une scène l'autre soir sous prétexte que j'ignorais Olivier. Je n'ai jamais ignoré son frère. Je ne l'ai malheureusement pas connu, mais je lui en parle souvent. Au début, elle m'a montré des photographies, elle m'a fait lire ses lettres, son journal...

— Ah ! Parce qu'il écrivait un journal ?

— Oui. Elle m'avait dit : « Je vous montre tout cela pour que vous vous le représentiez bien, que vous puissiez m'en parler, pour qu'il vive avec nous, parmi nous, et pas seulement pour moi. » Comme elle me l'avait demandé, je lui en ai souvent parlé. Et maintenant, elle fait des mystères. Pourquoi ce silence ? Je sens qu'elle souffre, mais qu'y puis-je ?

— Vous pouvez ce que vous êtes, c'est-à-dire beaucoup. Je sais que Cécile vous aime, ne vous trompez pas, mais elle vous aime à sa manière. Elle vous aime comme elle m'aime moi. Elle est bizarre, elle est comme ça. Tout ce jeu avec son frère, c'est un peu à cause de sa mère. Ma femme, quand mon fils est mort, et que nous avons tous ressenti cet immense chagrin, moi comme eux, m'a supplié de ne jamais parler de lui devant Cécile. Entre ma fille et nous s'est installé ce nouveau silence, cette nouvelle distance. C'était inutile. J'avais pourtant bien dit à ma femme que nous ne pouvions pas ignorer sa peine, que nous devions faire face. Ma femme n'a pas voulu, peut-être par peur d'être maladroite. Elle ne savait pas comment aborder Cécile. Personne ne pouvait nous aider à communiquer avec elle, il n'y avait personne autour de nous. C'est à ce moment-là que nous avons vu les Blanche avec plus d'assiduité. J'avais décidé ma femme à sortir, sinon elle serait devenue folle. Cela a été difficile pour moi de ne pas perdre pied. Ma fille comptait beaucoup, mais il y avait ma femme. Elle ne s'est jamais remise vraiment. Elle a souvent des crises de désespoir, mais elle se cache. Elle se cache à cause de Cécile.

Monsieur Lasserre posa sa main sur l'épaule de François et lui dit :

— Avant que nous ne vous connaissions, cela a été dur. Très dur ! Croyez-moi.

Cécile voudrait retrouver François. Il ne la regarde plus. Il ne lui parle pas. Alors elle invente. Des prétextes pour qu'il la regarde, pour qu'il lui parle. Cécile achète des robes. Cécile lui offre un objet, un livre, un disque. Elle veut François, n'importe comment, par n'importe quel moyen. Elle se raccroche. Cécile est aux abois, s'il lui échappe, qui lui restera-t-il ? Non, elle a peur. Elle voudrait acheter François, le garder, qu'il soit là. Cécile se tait à côté de lui, elle lui sourit. François ne pense pas à Cécile, il ne lui sourira pas.

Cécile, dans le lit de François, se colle contre son corps. François n'a pas l'air de sentir le corps de Cécile. Elle passa sa jambe entre ses jambes. Il écarte les jambes, il éteint la lumière. Cécile va et vient avec sa jambe entre les siennes. François a éteint la lumière, il veut dormir. Il referme ses jambes. Cécile se retire. François s'est endormi. Il ne lui a pas dit bonsoir. Demain il partira travailler sans rien dire.

Cécile s'ouvre à sa mère, Cécile lui dit qu'Olivier lui manque.

— Tu ne sais pas, maman, tu ne sais pas, mais Olivier, c'était ma vie.

Madame Lasserre lui demande de se taire.

— Ne me parle pas de ton frère.

— C'est lui qui ne me laisse pas tranquille.

— Cécile, fais un effort, arrête avec Olivier. Je te le demande.

François rentre de l'imprimerie.

Cécile lui dit :

— Je voudrais te parler.

François la regarde, il pense à autre chose, mais à quoi ? Il lui répond :

— Je t'écoute.

Cécile sait qu'il ne l'écoute pas. On ne peut pas écouter quelqu'un qu'on aime en faisant cette tête. Elle lui parle quand même.

— Maman est triste en ce moment. Olivier lui remonte à la gorge. Maman pleure, maman a de la peine. Tu devrais faire quelque chose. Elle évoque sans cesse Olivier, et cela m'est pénible. Surtout en ce moment !

— Pourquoi, surtout en ce moment ?

— Parce que je suis seule.

— Pas plus que d'habitude.

— Non, pas plus que d'habitude, mais je n'arrive pas à m'y habituer.

François la prend dans ses bras. Il ne pouvait pas ne pas la prendre dans ses bras. Elle le sait. Sa phrase sur l'habitude, c'est comme si elle lui avait dit : « Prends pitié. » Mais elle l'aime ! Et tous les moyens sont bons pour se retrouver dans ses bras. François rouvre ses bras. Il la lâche. Cécile, soudain en déséquilibre, va s'étendre. Elle appelle François. François vient.

— François ! Je sais que tu ne m'aimes plus. Je t'aime. Tu m'aimais quand on s'est marié.

— Mais je t'aime.

— Tu ne m'aimes plus comme avant, je le sais. Et pourtant, si tu faisais l'effort de te dire que tu m'aimes comme tu m'aimais, tu m'aimerais.

— La méthode Coué ?

— Je ne sais pas de qui est la méthode,

mais si elle est bonne ! Que se passe-t-il, François ? Que se passe-t-il pour que tu ne m'aimes plus ?

— Mais je t'aime.

— Non. Et je ne te reconnais plus. Tu n'es plus comme avant. Tu ne me dis plus rien. Le matin tu pars sans rien me dire, dans la journée...

Et Cécile recommençait.

Toujours les mêmes griefs. Cécile appuie sur sa peine avec toujours les mêmes phrases, les mêmes reproches depuis des semaines, comme si, avec toujours les mêmes mots, toujours dans le même ordre, elle pouvait faire éclater son chagrin, et après on n'en parlerait plus. Mais elle en parle toujours. François est obligé d'entendre. Elle le poursuit de sa chambre dans la salle de bains, de la salle de bains dans son lit, de son lit à son oreille. François doit comprendre. François doit répondre.

— Je ne te dois rien du tout. Je ne dois pas te dire heure par heure tout ce que je fais, où je suis. Je ne peux pas rentrer le soir et entendre : « Où étais-tu entre cinq et sept, j'ai téléphoné au bureau ? » Je ne peux pas supporter d'être espionné. L'idée même...

Cécile, exaspérée :

— J'ai simplement besoin d'être rassurée. Si je savais que tu m'aimes, je te laisserais tout faire. Tu pourrais tout, cela me serait bien égal. Tu pourrais me tromper si tu m'aimais. Je ne dirais rien, au contraire, tu m'aimerais ! Tu aurais tous les droits.

— Mais je t'aime !

L'espace d'une semaine, Cécile fut rassurée. Il rentrait plus tôt. A table, il parlait, il demandait à Cécile son avis. Monsieur Lasserre approuvait.

Mais Cécile fatiguée, tourmentée, ne raisonnait pas toujours juste. Quand on la contredisait, elle s'entêtait. Elle se sentait délaissée. En face de François et de son père, elle avait l'impression d'être en marge.

François se montrait patient. Il n'était pas rancunier. Il revenait en arrière. Il expliquait à Cécile, mais il lui expliquait plus qu'il n'en fallait. « Tu me prends pour une idiote. » Monsieur Lasserre intervenait : « Il t'explique, voyons ! » Madame Lasserre regardait sa fille. Elle, seule, la comprenait.

Madame Lasserre voulut, elle aussi, dire son mot à François.

— Elle a du mal à faire la transition, vous savez. Il faut que vous l'aidiez. Elle vous aime. Ses reproches ne sont pas de vrais reproches. C'est sa façon, à elle, de vous entourer, de faire attention. Elle ne m'a jamais rien dit de vous, mais je vous connais. Parfois vous êtes si froid !

— Froid ? Non, c'est seulement de la pudeur.

De la pudeur. Madame Lasserre réfléchit. Bien sûr, c'était de la pudeur.

François décida de faire attention. Le discours de Madame Lasserre l'avait alarmé. Comment ? Cécile se plaint ? François ne voulait pas qu'on pût l'accuser. Il ne se sentait pas encore tout à fait sûr.

Ils allèrent, tous les deux seuls, passer un week-end à Héricy chez Mademoiselle Le Murier. Là où ils s'étaient connus. Ils se promenèrent le long de la Seine et dans la forêt. Ils évoquèrent leur première rencontre. Ils crurent pendant deux jours avoir retrouvé ce qui les avait unis.

Cécile aidait Mademoiselle Le Murier à préparer le repas. Elle servait. François regardait sa femme tourner autour de lui, poser les assiettes, arranger les couverts, empiler les plats, emplir les verres. Cela ne manquait pas de charme. Il s'en amusait.

A Fontainebleau, ils allèrent chez les antiquaires, visitèrent le château, jetèrent des miettes de pain aux carpes. Ils imitaient leurs gestes d'autrefois, leurs gestes d'amoureux. Dans une aile du château, on donnait un concert. Un élève de Mademoiselle Boulanger jouait du clavecin. Cécile et François restèrent jusqu'au bout ; derrière eux un enfant mongolien s'était amusé à leur gratter le dos.

François ne partageait pas le goût de Cécile pour la campagne. L'odeur des pommes pourrissant sur une planche de bois, l'épaisseur du silence dans la nuit, le bruit du râteau sur le gravier, cela ne le touchait pas beaucoup. Il faisait froid. Il prenait un gros livre, s'y enfermait, oubliant Cécile et la vieille demoiselle Le Murier. Mais Cécile, pleine encore des heures qu'ils venaient de passer ensemble, ne s'apercevait pas que François n'était déjà plus avec elle.

Ils rentrèrent à Paris en silence. François se disait : « Demain je vais enfin retrouver ma vraie vie. » Cécile pensait : « Ce pèlerinage n'aura pas été inutile. François se sera rendu compte qu'il y a autre chose dans la vie que la réussite. Sa réussite, c'est de m'avoir trouvée. Je suis faite pour lui. » Elle lui dit pour conclure :

— Nous avons réussi ce qu'il y a de plus difficile.

A Neuilly il retrouvait son travail. Cécile, elle, retrouvait Olivier. Le bonheur ramenait invinciblement le souvenir d'Olivier. Mais pourquoi ne pouvait-elle se débarrasser de lui ? Car le souvenir d'Olivier, c'était aussi le remords. Mais pourquoi avait-il existé ? Pourquoi lui avait-il gâché la vie, sa vie à elle ?

Olivier, va-t'en ! Laisse-moi être heureuse. François m'aime. Je l'aime. Je ne peux plus rien pour toi. Va-t'en, tu vas tout détruire.

Parfois, au contraire, c'est à François qu'elle reprochait d'exister. Pourquoi n'avait-il pu chasser le souvenir d'Olivier ? Pourquoi avait-il pris sa place sans le remplacer vraiment ? Si Olivier revient, c'est que François n'est pas là.

Cécile se rendit compte qu'elle ne sortirait jamais de ce cercle infernal. Partout où elle se tournerait, heureuse ou malheureuse, il y aurait Olivier.

Au bout de quelques jours, François s'aperçut que rien n'avait changé. Il n'avait pas pu revenir en arrière. Cécile était définitivement perdue, pour lui et pour elle-même. Il redevint donc ce qu'il était, indifférent.

[illegible]
[illegible]
[illegible]
[illegible]
[illegible] d'Olivia [illegible]
[illegible]
[illegible] qu[illegible]
Françoise [illegible].
Cette [illegible] qu'il [illegible]
[illegible]
[illegible]
[illegible] Olivia.
[illegible]
[illegible]
[illegible]
[illegible]

X

Elle entend la porte. Cécile sursaute. Les parents Lasserre et François rentrent du théâtre. Ils prennent un dernier verre dans le salon. Cécile perçoit des bribes de phrases, des bruits dans l'escalier. Ils montent se coucher.

— Tu ne dormais pas ? demande François.

— Apparemment...

François se déshabille. Il se glisse dans le lit. Cécile est assise sur une chaise.

— Tu ne viens pas te coucher ?

Elle ne répond pas.

— Pourquoi tu n'es pas venue au théâtre ?

— Pour quoi faire ?

François ne répond pas. Elle se lève, lui enlève la cigarette qu'il allait allumer. Elle lui dit en criant :

— Pour quoi faire, au théâtre ? Ma vie ne me suffit pas ? Non, elle ne me suffit pas. J'ai un mari sordide.

— Un mari qui a voulu t'aimer.

— Car c'est aimer quelqu'un que de ne jamais le regarder, ne jamais lui parler, ne jamais...

— Cécile, tu me fatigues.

— Lâche ! Me laisser toute seule.

— Je t'avais demandé de venir.

— Venir. Te suivre. Mais si moi, cela ne me plaisait pas d'aller au théâtre. Je suis obligée de suivre. De te suivre.

— Nous sommes mariés.

— Ce n'est pas vrai. Ce n'est pas toi que j'ai épousé.

— C'est Olivier peut-être ?

Cécile debout, face à François, sursaute. Haussée sur la pointe des pieds, de toutes ses forces, elle lui donne une gifle. Puis, d'une voix douce et grave :

— Oui, c'est Olivier. C'est Olivier que je veux et pas un autre.

— Alors il fallait le garder quand tu l'avais. Au lieu de jouer à vos jeux stupides, tu aurais dû lui apprendre à nager. Tu aurais dû le mettre dans ton lit, tu l'aurais peut-être gardé !

— Qui te dit que je ne l'ai pas fait ?

— Tu n'y as pas pensé. Et puis même, tu es trop bête pour l'avoir fait. En tout cas, moi, je ne t'ai jamais demandé de m'épouser. J'étais tranquille. Je n'avais pas besoin de vous, Cécile. Je n'avais pas envie de ce que j'ai là, aujourd'hui, devant moi. Une femme folle, hystérique. Soignez-vous, ma chère, soignez-vous.

Cécile pleurait. Elle avait baissé les yeux. Elle regardait par terre. La Seine avait brisé le petit barrage d'Héricy. François ne s'arrêtait pas.

— Tu pleures. Tu pleures sur toi Cécile. Tu pleures sur ton enfance que tu n'as pas retrouvée avec moi, que tu ne retrouveras jamais, et avec personne. Personne ne te rendra ton frère. Personne ne voudra le remplacer. Il fallait qu'il soit un demeuré pour accepter la vie que tu as dû lui faire. Un faible pour s'y complaire.

— François ! Je l'ai aimé. François, arrête, je t'en supplie. Je t'aime. On peut encore tout recommencer.

— Il n'y a rien à recommencer. Tu ne l'as peut-être pas compris. Tu ne recommenceras jamais rien avec moi. Je ne suis pas ton frère. Je ne suis pas Olivier. Touche-moi, ce n'est pas ton frère qui est là, regarde-moi bien, je ne suis pas Olivier Lasserre. Je ne suis pas. Je n'essaierai plus jamais de te plaire. Tu vivras comme tu pourras, mais tu ne me gâcheras pas ma vie. Tu ne seras un obstacle à rien, à personne. Malheureuse ! J'en ai assez de ta vie. Par ta faute, toute cette maison tourne autour d'un mort. Je suis entré ici, la première fois, c'était un sanctuaire. Mais maintenant, je me fous d'Olivier. Oui, je m'en fous.

François avait dépassé les limites. Il insultait la mémoire de son frère.

— Mais tu as bien accepté de jouer le jeu quand il le fallait. Je ne suis pas aveugle. Je sais pourquoi tu as été si complaisant. Pourquoi tu as mis ses vêtements, pourquoi tu l'as imité. Ses vêtements, cela ne t'a pas dégoûté ? Ah ! Tu avais bien calculé. Tu parlais de lui, sans cesse tu parlais de lui, cela t'arrangeait, imposteur ! Mais que seriez-vous, sans moi, Monsieur de Chevigny ? Que seriez-vous ?

— Tranquille.

— Tranquille dans une chambre minuscule. Tranquille, sans le sou avec vos goûts de luxe. Vous n'aviez rien, et c'est ce qui m'avait attendrie. C'est ce que j'avais aimé. Vous sauriez être disponible. Vous sauriez m'aimer quand il le fallait. Maintenant vous vous croyez très important parce que vous travaillez ? Mais vous travaillez chez moi. Vous travaillez à la place d'Olivier. Si Olivier n'était pas mort, s'il ne s'était pas tué, vous ne seriez pas là.

— S'il ne s'était pas tué ?

— S'il n'était pas mort !

— Je crois que tu es folle. Tu dois être fatiguée. Tu as veillé toute la soirée. Mais à quoi donc as-tu pensé pour te mettre dans un état pareil ?

— J'ai pensé à ma vie. A ce qu'elle était. A ce qu'elle est devenue. Vous avez tout saccagé.

— Pourquoi ne m'as-tu pas demandé de rester ?

— Vous étiez si misérable pendant ce dîner ! Et si indispensable. Car maintenant tout le monde compte sur vous, vous les avez bien trompés, eux aussi. Vous vous êtes bien moqué. C'est bien. Mais comme je vous plains ! Toute votre vie vous serez prisonnier de ce que vous avez souhaité gagner. Vous n'avez rien remporté. Il n'y avait rien à emporter. Toute votre vie, vous serez là, obligé de sourire à mon père, à ma mère, à la bonne. Moi, je vous en fais grâce, mais vous vivrez, ici. Attaché.

— Attaché à toi, à ta folie, à tes rêves. Oui. Tu as raison. Je suis floué, possédé. Mais je m'en tirerai.

— Là est votre erreur, Monsieur de Chevigny. Moi vivante, vous ne vous en tirerez pas. Maintenant que j'ai découvert ton stratagème, je vais te nuire. Je te garderai, je te regarderai et j'agirai. Je connais tes manières. Je te connais. Tu ne m'échapperas pas. Tu n'auras plus d'ami, tu n'auras plus d'argent, tu n'auras plus de maison. Tu voulais jouer au tennis ? Tu voulais un court de tennis ? Raquette ! Tu m'entends bien ? Raquette !

— Tu es folle.

— Oui, je suis folle, mais jamais autant que le premier jour. Le jour où je t'ai ramassé ! François... François... Tu ne dis rien. Tu ne sais pas que je t'aime.

— Tu es folle.

— Regarde la maison, regarde. On a vécu ici. Pourquoi ne pas continuer ? On s'est aimé. Tu m'as aimée, hein, tu m'as aimée ? Tes calculs, cela ne fait rien, je te les pardonne. Tu as des raisons. Ce n'est pas grave. Ce que tu as voulu, tu l'as eu, et tu l'auras toujours. Je ne peux rien contre toi. Tu as de la chance toi, tu sais toujours ce que tu veux. Mets-toi à ma place. Est-ce qu'elle est drôle ma vie ? Dis-moi ce qu'il faut faire. Ce n'est pas de ma faute tout ça, dis-moi ce qu'il faut faire !

— Il n'y a plus rien à faire.

— Mais que peut-on me reprocher ?

— D'avoir fait un roman. Une tragédie de ton histoire.

— Je me suis trompée ? Mais mon frère est mort.

— Et alors ? Les morts, on les enterre, on les oublie.

— Mais ce n'est pas pareil ! Je t'ai rencontré...

— Et tu as hésité. Etait-ce lui ? Etait-ce moi ? Lequel des deux aimais-tu ? Peut-être les deux à la fois. Il fallait revivre.

— François, ne plaisante pas. Ne te moque pas de moi. Ce que nous pouvons encore faire ! Nous pouvons tout rattraper.

— Détrompe-toi !

— Si ! Tu me regarderais autrement que maintenant. Brusquement tu me prendrais dans tes bras, tout de suite. Et tu me dirais : « Petite folle, c'est fou ce que je t'aime. » Je rirais. Nous sortirions d'ici ce soir, et nous ne reviendrions jamais. Nous habiterions ailleurs. A Paris ! A Paris, j'aurais un enfant. Non, pas encore. Avant tout, nous ferions un très long voyage. Tu me ferais la surprise des itinéraires. Nous irions au Bengale par exemple, ou en Afghanistan. Nous n'aurions aucun bagage. On achèterait tout sur place. On ne parlerait plus jamais d'Olivier. On ferait comme s'il n'avait jamais existé.

— Il n'a jamais existé, Cécile. Jamais. Et la suite, il n'y a pas eu de suite. Tu t'es trompée, tu as tout rêvé. Je ne lui ai jamais ressemblé. Simplement quand je me suis aperçu que parfois tu me confondais, j'ai laissé faire. Je pensais t'aider. Pauvre Cécile.

— Pauvre Cécile ! Tu me plains, maintenant ? Je ne veux pas que tu me plaignes, et d'ailleurs tu ne me plaindras jamais assez. Quelle injustice de te voir là, toi, vivant, respirant, dormant, à sa place alors que lui… lui…

— Qu'est-ce qu'il aurait fait d'autre ? Tu es complètement détraquée. Je n'ai plus rien à te dire. Tu me reprochais de vivre ici, mais s'il le faut je partirai. Je préfère crever de faim plutôt que de devoir manger devant toi, à sa place. Tu sais Cécile, s'il n'y avait pas eu cet accident, il se serait peut-être tué. Sûrement même. On ne peut pas vivre avec toi. Tous les moments de la vie, tu les transformes, tu en fais autre chose que ce qu'ils sont, que ce qu'on souhaite. Tu es invivable. Je ne sais pas, même, si tu ne portes pas malheur. Il faut s'éloigner de toi. Au plus vite. Il ne faut plus croiser ton regard. Et déjà tu me fais peur.

— Quelle mauvaise foi ! J'aurai tout raté.

— Tu auras tout détruit.

— Je n'ai rien fait. Tout est là, si tu veux.

— Je ne veux rien. Plus rien de toi.

— Alors pourquoi ? Pourquoi es-tu là ? Tu devrais être dans la chambre de mes parents, ils ne dorment pas encore. Tu devrais aller les voir, les border. Tu devrais te déshabiller dans leur chambre, tu devrais te montrer tout nu devant eux. Comme ça, par hasard, en passant, tu demanderais l'heure. Ils te regarderaient. Ils ne perdraient rien. Toi non plus. Ils te demanderaient peut-être de dormir avec eux, et Dieu sait quoi... Tu n'aimerais pas ? Au milieu d'eux ?

— Cécile, comme tu es déplaisante !

— Je ne t'ai pas toujours déplu.

— Tu me fatigues.

— Ah ! Je te fatigue. Ba. Bi. Bo. Bu. Bi. Ba. Bo. Bu. On prend un verre d'eau, on y verse un peu de sucre en poudre, on met sur le bout de la langue un cachet d'aspirine et on avale le tout. On peut tout avaler d'un coup. Sauf le verre. Et on n'a plus mal à la tête. On n'a plus mal à la tête.

— Tu es complètement folle.

Cécile marche en rond. Elle dit des mots incompréhensibles. Elle ouvre la porte de sa chambre. François reste seul, un peu hébété. Il entend Cécile rire dans le couloir. François défait les boutons de sa chemise.

Un hurlement. Cécile est tombée dans l'escalier. Elle a roulé jusqu'en bas. Les Lasserre sortent de leur chambre. Ils regardent Cécile. François regarde Cécile. Ils regardent tous Cécile.

XI

Elle n'a pas froid. Chaud, non plus.

Parfois on vient la voir. Emma lui porte ses repas. Elle ne mange pas toujours. Parfois, on l'entend. Elle marche.

Elle a peut-être mal. On ne le dit pas.

Elle voit de gros nuages gris.

Elle ferme les yeux. Les nuages gris. Les cernes des yeux mauves, elle ne dit pas ce qu'elle voit.

A côté d'elle, il n'y a personne. Personne ne lui tient la main. Seule, sur la cheminée, la photo.

Cécile n'ouvre jamais les rideaux.

De temps à autre, Emma lui apporte des revues. On croit qu'elle les feuillette.

Madame Blanche ne vient plus chez les Lasserre, ou très rarement. Du reste, maintenant, on n'y joue plus du piano. Depuis le temps, il est peut-être même désaccordé.

On a monté Cécile à l'étage d'Emma. Avec quelques affaires auxquelles on croit qu'elle tient. Des livres. Des soldats de plomb. Un disque. On lui a même branché le téléphone.

Elle n'appelle jamais. On lui a coupé les ongles ras. Elle joue souvent avec ses mains. Elle bouge les doigts. Elle se prend le poignet gauche entre le pouce et l'index, elle compte jusqu'à cent, elle compte même plus que jusqu'à cent, parfois elle se perd dans ses comptes, et quand elle arrive au bout, quelque part, elle s'arrête et change de main.

François va parfois la voir, Monsieur Lasserre aussi. Ils lui parlent. Elle ne répond pas. Monsieur Lasserre redescend le premier. François reste un peu avec Cécile. Il lui parle encore un peu. Et il s'en va. Elle ne l'embrasse jamais.

Quand Madame Lasserre monte, elle

monte toujours seule. Elle peut passer la nuit avec Cécile. Des jours entiers. Se parlent-elles ? On ne sait pas.

Bien sûr, ce n'est pas bon pour Madame Lasserre que Cécile soit à Neuilly, mais où irait-elle ? Elle ne sent pas la faim, elle ne sent plus les autres, elle ne se sent plus. Elle ne sait pas l'heure. Elle ne sait pas... Elle ricane, mais pourquoi rit-elle ? Et pourquoi s'arrête-t-elle de rire quand elle rit ?

Cécile, de temps en temps, dit des mots. Madame Lasserre les répète après elle. Madame Lasserre regarde sa fille. Elle lui pose la main sur le bras. Elle lui dit : « Mon enfant. » Cécile ne répond rien. Elle ne bouge pas, ou elle ricane.

« Mon enfant. » Madame Lasserre fixe Cécile. Cela fait deux jours qu'elle ne l'a pas quittée. Monsieur Lasserre va la chercher. Elle redescend. Elle déjeune, ou elle dîne, ou elle dort. Elle n'est pas là. Elle est avec Cécile. Monsieur Lasserre console sa femme. Madame Lasserre est inconsolable. « Mes enfants. » Sur la cheminée de sa chambre, elle regarde la photo.

Ce soir, François est sorti. Monsieur Lasserre est couché. Madame Lasserre a pris un somnifère. Cécile, là-haut, marche.

La maison, la nuit, tout s'est refermé sur Cécile. Elle ricane ? Non, elle marche. Elle a joué avec les soldats de plomb, elle ne les a pas touchés, elle a simplement imaginé qu'ils avançaient, qu'ils avançaient tous vers elle, qu'ils marchaient sur elle, qu'ils la piétinaient. Olivier, regarde ! Elle s'est arrêtée de marcher. Les soldats de plomb aussi. Elle s'est remise à marcher. Les soldats aussi. Les soldats de plomb d'Olivier. Elle se retourne. Elle regarde le linoléum, elle voit les soldats de plomb, elle regarde le plafond, elle les voit toujours. Mais ce n'est pas possible ! Elle appelle. Elle crie. Elle hurle.

Madame Lasserre sourit. Elle n'est pas montée. Elle n'est pas venue. Elle dort. Cécile est descendue. Son père, doucement, fermement l'a reconduite.

Cécile s'est assise sur son lit. Son lit, les soldats de plomb, la table. Les soldats, la table, la photo, le lit.

Les soldats s'avancent. Sur le lino, des

rangées de soldats. Cécile, effrayée, se plaque contre le mur.

L'armée se déploie, des files entières sortent de partout. Ils surgissent, montent à l'assaut du lit, l'envahissent.

Cécile, debout, hurle.

DU MÊME AUTEUR

LES RÉSIDENCES SECONDAIRES, *roman* (Grasset) *(Folio, n° 2444).*

LE PASSÉ COMPOSÉ, *roman* (Grasset).

LA TÊTE LA PREMIÈRE, *roman* (Grasset).

HÔTEL DU LAC, *théâtre* (Gallimard).

NOUS NE CONNAISSONS PAS LA MÊME PERSONNE, *théâtre* (Gallimard).

BALTHAZAR, FILS DE FAMILLE, *roman* (Gallimard).

SUR UN AIR DE FÊTE, *roman* (Gallimard).

PHOTOGRAPHIES, *photographies* (Gallimard / Denoël).

Composition Bussière
et impression S.E.P.C.
à Saint-Amand (Cher), le 18 février 1994.
Dépôt légal : février 1994.
Numéro d'imprimeur : 2914-3097.
ISBN 2-07-038695-3. /Imprimé en France.

63686